무너지고 나서야
알게 된 것들

무너지고 나서야
알게 된 것들

Rose Books

"슬픔에 무뎌진다는 것만큼 슬픈 것은 없다."

투에고 지음

무너져 봐야 알 수 있는 것들

· 생각보다 몇 안 되는 진정한 친구

· 웃음 속에 감춰져 있던 가식적인 이들

· 그저 평범한 일상이 그립다는 것

· 나보다 불행한 이가 별로 없다는 것

· 출구가 보이지 않는 지독한 절망감

· 처음으로 삶의 끝을 고민해 본다는 것

· 이 드넓은 세상에 새삼 혼자인 기분이 든다는 것

· 근심 걱정에 둘러싸여 불면에 시달린다는 것

· 진짜 웃음을 잃는다는 것

· 그 누구도 만나고 싶지 않다는 것

· 매일 맞이하는 아침이 고통스럽다는 것

· 괜스레 좋았던 날들이 사무치게 그립다는 것

· 바닥 밑에 더한 지하가 있을 수도 있다는 것

· 그 어떤 말도 위로가 되지 않는다는 것

· 내가 무너지면 결국 모든 게 끝이라는 것

· 그럼에도 어떻게든 살아봐야겠다는 독기

· 우습지만, 세상은 어제와 똑같다는 것

프롤로그

무너졌을 때 내가 느꼈던 감정을 담아 SNS에 올린 글이 많은 분들의 공감을 받았다는 것을 인터넷에서 봤다. 감사한 마음과 함께 여러 감정이 교차했다. 무엇보다도 그때 느꼈던 슬픔이 다시 떠올랐다.

사실 너무 무겁게 보일 것 같아 차마 이 글에 담지 못한 이야기가 있다. 무너짐의 끝은 삶의 끝을 생각해 보는 것이 아니라, 그 끝에 닿기 위해 시도해 본다는 것이다. 아주 오래전, 나는 그 경계에서 살아내겠다고 마음먹었다. 그리고 그 시절 소용돌이쳤던 감정들 속에서 내가 무엇을 깨달았는지는 수십 년이 흐른 지금에서야 조금은 담담하게 말할 수 있게 되었다.

결국 그 심연의 끝에서 슬픔에 잠식된 내 자신과 마주해야 했다. 나를 그곳에서 꺼내줄 수 있는 사람은 그 누구도 아닌 나밖에 없었다. 사람은 혼자서는 살 수 없지만, 결국 혼자라는 사실을 나는 이때 처음 깨달았다. 내일을 살아가기 위해서 그 모든 슬픔을 끌어안고 무뎌지는 법을 배우기로 했다. 그렇게 '내면의 나'와 '타인과 함께 세상 속에 살아가는 내'가 조금씩 편해지기 시작했던 것 같다.

그날 이후로도 수없이 무너지고 다시 일어서기를 반복하고 있다. 최근에도 힘든 시기를 겪고 있지만, 그때의 다짐을 떠올리면서 근근이 버티고 있다. 여전히 힘든 건 매한가지다. 다만, 달라진 것이 있다면 시련의 무게를 견딜 수 있는 삶의 근육이 생겼다는 점이다. 그건 깊은 수렁으로 빨려 들어가지 않도록 나를 버티게 해주는 힘이나 다름없다.

이번에 〈익숙해질 때〉 개정판을 준비하면서 많은 고민을 했다. 삶에, 사람에 그리고 감정에 익숙해지고 무뎌진다는 것은 결국 무너져 봐야 알 수 있는 것들의 연장선이며, 그 과정을 겪어야만 비로소 알 수 있는 것이다. 그래서 그 감정의 기록들을 따로 엮고 글의 깊이를 더해 〈무너지고 나서야 알게 된 것들〉로 재탄생하게 되었다.

목차

1장 산다는 것은 마음과 달라

2장 인생은 감정의 깊이가 다른 순간들

3장 마지막이 남기는 것들

1장

산다는 것은 마음과 달라

당신과 나의 적정 거리

*

일교차가 큰 사막. 두 사람이 걷고 있다. 밤이 어둑해지자, 삽시간에 기온은 영하로 떨어졌다. 설상가상으로 추위와 함께 매서운 눈보라가 몰아쳐 왔다. 마땅히 추위를 피할 공간조차 보이지 않아 그들은 급한 대로 구석진 곳을 찾아 서로를 감싸안았다. 혼자서는 몸도 마음도 추웠지만, 함께라면 따뜻한 온기를 나눌 수 있기에 좋았다.

얼마나 시간이 흘렀을까. 끝이 보이지 않던 칼바람도 조금씩 잠잠해졌다. 따사로운 햇살과 바깥에서 지저귀는 새소리에 둘은 잠에서 깨어났다. 아니나 다를까 온몸은 땀에 흥건히 젖어 있었다. 그들은 익숙한 듯 서로를 밀어내고 일어났다.

내 주변의 온도도 시시때때로 변한다. 어떤 날은 사람이 그립다가도, 어떤 날은 혼자가 되고 싶다. 서로 마음이 같으면 좋겠지만, 상대도 마음이 들쑥날쑥하기는 마찬가지다. 우리는 그 사이에서 좋았다가 나빴다가를 수없이 반복할 뿐이다.

한번은 아주 긴 겨울을 보낸 적이 있었다. 다들 따뜻한데 나만 추웠다. 온기가 절실해 타인에게 쉽게 기댈 수밖에 없었다. 처음에는 상대도 그런 나를 따스하게 감싸주었다. 하지만 내가 너무 차가웠던 걸까. 우리는 함께 있는 동안 따뜻해지기는커녕, 상대도 나로 인해 추위에 벌벌 떨어야 했다. 미안한 마음에 자연스레 떨어질 수밖에 없었다.

쇼펜하우어는 책에서 '고슴도치들은 추위를 이기기 위해 적정 거리를 찾아서 모인다'고 말했다. 가까이 가자니 바늘에 찔릴 수밖에 없고, 그렇다고 멀리 떨어지자니 춥다. 우리의 관계도 비슷하지 않을까. 상대에게 너무 많이 기대면, 그 무게가 버겁게 느껴질 수도 있다.

시로에게 부담을 주지 않는 선에서
적정한 거리를 찾아 유지하는 일은
지속 가능한 관계를 만드는 데 있어
가장 중요한 것이다.

억지웃음

*

억지로 웃었다.
나를 재밌는 사람이라 했다.

그래서 더 웃었다.
나를 헤픈 사람이라 했다.

그럼에도 불구하고 웃었다.
나를 실없는 사람이라 했다.

하루는 힘이 들어 웃지 않았다.
무슨 일이 있냐며 어리둥절했다.
하는 수 없이 웃었다.

내면에 있는 우울과 결핍이 행여 드러날까 봐 웃음 속에 철저히 감추었다. 어쩜 침울함에 빠져 나날이 무력해져만 가는 자신에게 발악하고 있던 건지도 모르겠다. 그렇게라도 버티다 보면 언젠가는 행복해질 수 있다고 믿었으니까. 간혹 몇몇 친구들은 내가 근심 걱정이 없어 보인다며 부럽다고 말했다. 그 순간 어떤 대답을 해야 할지 몰라 웃어넘겼다.

감정은 숨긴다고 해서 감출 수 있는 것이 아니라, 후에 어떠한 형태로든 나중에 발현된다고 프로이트는 말했다. 어느 때부터 내 웃음이 진정성 없는 공허한 웃음이라는 걸 주변 사람들도 알아차리기 시작했다. 사람이 항상 밝을 수만은 없는 것처럼, 웃음은 단지 일시적인 방편에 지나지 않았다.

이제는 무연히 지쳐버렸다. 아무리 원해도 왔다가 금세 사라져 버리는 행복, 억지로 찾지 않는 쪽이 도리어 마음이 편안하다. 감정을 숨긴 채로 웃음을 지어본들 배로 밀려오는 공허함, 고스란히 표출하고 사는 쪽이 도리어 마음이 편안하다. 누군가가 나에게 행복이 뭐냐고 묻는다면, 너무 애쓰지 않는 일이라 말하고 싶다.

살아보니 나뿐만이 아니었다. 유난히 밝은 사람은 이상하게도 마음속에 깊다란 슬픔을 품고 있는 경우가 많았다. 마냥 행복하게만 보였는데, 알고 보니 사연으로 가득했다. 문득 영국의 희극 배우 찰리 채플린의 '인생은 멀리서 보면 희극이고, 가까이서 보면 비극'이라는 말이 너무 와닿았다.

사람은 겉모습이 전부가 아니다. 과일을 쪼개었을 때 속이 각양각색인 것처럼 우리의 마음도 마찬가지일 수밖에 없다. 지금도 감정을 숨긴 채 하루하루를 버티는 누군가에게 꼭 전해주고 싶은 말이 있다.

너무 애쓰지 않아도 되니,
조금은 기분 내키는 대로 살아도 된다고.

마음의 문

*

좋은 사람인 줄 알았으나 좋은 사람이 아니었다. 상처받고 싶지 않았으나 상처를 입곤 했다. 나 역시도 마찬가지다. 모두에게 좋은 사람이 되고 싶었으나 늘 좋은 사람이 될 수는 없었다. 상처를 주고 싶지 않았으나 무심결에 상처를 입히곤 했다.

두려웠다. 이전에 받았던 상처가 아직 아물지도 않았는데 내 마음의 문틈 사이로 모질고 세찬 바람이 또 불어올까 봐. 이 불안에서 벗어나기 위한 방어기제로 감당할 수 있는 크기만큼만 문을 열어보기로 했다. 한데 서서히 닫히더니, 이제는 닫힐 듯 말 듯 한 좁은 경계에서 흔들리기만 한다.

그런데 참 이상하다. 말은 안 통해도 눈빛으로 내 마음을 알아주는 우리 집 강아지에게는 문이 활짝 열린다. 아, 무엇이 나를 이렇게 만들었을까. 무엇이 우리를 이렇게 만들었을까. 저기 밤하늘 위에 떠 있는 별들에게 아우성이라도 질러본다. 그런들 돌아오는 것은 메아리뿐이라는 걸 알면서도.

잃고 나서야 비로소 알게 된 것

*

익숙한 안온함 속에 계속 살다 보면 권태라는 뿌연 안개가 서서히 시야를 흐리게 만든다. 소중한 것들이 잠시 보이지 않더라도, 당연히 계속 곁에 있을 것이라 믿으며 대수롭지 않게 여긴다. 그러나 그 안개가 걷히고 난 뒤에, 그것들이 사라졌다는 사실을 알게 될 때가 있다. 이때 몰려오는 상실감과 후회는 몰랐던 만큼 더 아려온다. 여태껏 당연하다고 여겼던 것들의 소중함은 늘 잃고 나서야 비로소 깨닫게 되었다.

좀 더 잘해줄걸, 마음을 헤아려줄걸, 그런 말을 하지 말걸. 돌이켜 보면 분명 더 잘해줄 기회는 있었다. 늘 최선을 다했다고 자신을 위로하지만, 그게 과연 최선이었을까. 후회로 가득한 시간의 방안에 갇히면, 아무리 좋은 일이 생겨도 기쁨은 잠시뿐이다. '이 순간마저 함께였으면 좋을 텐데.'라는 생각이 또 스친다. 게다가 신나고 즐거웠던 기억들은 어느새 그리움이 가득한 추억이 되어 있다. 어떤 슬픔은 한 번만 아파하면 끝나는데, 어떤 슬픔은 아파하고 또 아파해도 점점 더 깊어진다. 그만큼 아픈 것은 그 존재가 그만큼 소중했기 때문이다.

이렇듯 왜 잃고 나서야 알게 되는 걸까. 당시에는 최악이라 생각했던 날들마저도, 막상 빈자리의 허전함을 마주하고 나니 그때도 함께여서 나름 괜찮은 시간이었다. 사실 난 그 순간들만큼은 행복했던 것인지도 모른다. 왜 몰랐을까. 어떤 때에는 그 순간들을 돌이킬 수 없다는 것을 알지만, 돌이키고 싶을 정도로 사무치게 슬퍼진다. 그럼 좀 더 함께 있는 시간을 소중하게 보냈을 텐데.

본디 인간은 후회하는 존재이다.

삶은 애초부터 후회하도록 설계된 것처럼 보인다.

어떤 대상이든

우리는 항상 잃고 나서야

그 소중함을 더 절실히 깨닫게 된다.

별다른 일 없이 권태로운 날이었어도

버거운 현실에 다 내려놓고 싶은 날이었어도

지나고 보면 분명 함께여서 좋았던 날이 있었다.

아름다우면서도 공허한

*

해야만 하니 기계처럼 일한다.

끼니를 챙겨 먹는 일도 힘들다.

관계에 힘쓸 여력도 없다.

지친 몸은 회복될 기미가 없다.

그저 흘러가는 시간에 몸을 맡긴 채로 살아간다.

막상 삶의 끝자락에서는

후회할 것이 뻔하지만

지금이 너무 힘드니 버텨야 할 뿐이다.

아름다우면서도 공허한 삶,

그 끝에 남는 것은 무엇일까.

이해할 수 없음을 인정하는 일

*

기나긴 세월을 함께해 정이 깊은 사람과는 눈빛만 봐도 마음을 헤아릴 수 있다고 흔히들 말한다. 하지만 사랑하는 사이든, 친구 사이든, 그 어떤 사이든, 그건 지난날을 토대로 어림짐작하는 것에 불과하다. 막상 소중한 이가 힘들 때 해줄 수 있는 건, 고작 곁을 지키며 위로의 말 몇 마디 건네주는 일뿐이라는 것을 겪고 나서야 비로소 깨달았다. 그 사람을 잘 알기에 도와줄 수 있을 거라 자신했는데, 나 혼자 착각 속에 빠져 살았던 것이다.

이해하고 싶은데 이해할 수 없음에 때론 가슴이 미어진다. 반대로 내가 이해받고 싶은 순간에도 매한가지다. 상황은 좀처럼 내 생각대로 흘러가지 않는다. 그런데 가만히 생각해 보면 나도 나를 이해 못 할 때가 많다. 정작 내 자신도 잘 모르는데, 타인의 마음을 이해한다니. 그야말로 모순이 따로 없다.

한번은 지인이 나를 전부 이해한다고 말하며 조심스럽게 다가와 내 어깨를 토닥여 준 적이 있었다. 걱정해 주는 마음은 정말로 고마웠지만, 나에게 '전부 이해한다.'는 말은 외려 반감이 들었다. 차마 형용할 수 없을 정도로 고통스럽게 무너져 가는 마음을 도대체 어떻게 이해한다는 걸까.

스페인의 철학자 그라시안의 말처럼
어쩌면 최고의 이해는
이해할 수 없음을 인정하는 일이 아닐까 싶다.

우울의 끝에서

*

세상에는 우울증, 공황장애, 조울증, 대인기피증, 불안장애 등 헤아릴 수 없을 정도로 많은 마음의 병을 앓는 사람들이 있다. 그들은 숨조차 쉴 수 없는 극심한 고통 속에서 하루를 버티며 살아가지만, 마음속에 감춰진 그 병을 대부분의 사람들은 대수롭지 않게 여긴다.

나도 깊은 우울증에 빠졌던 적이 있다. 매일 아침이 밝아와도 닥친 현실을 마주하기 두려운 마음에 눈을 뜨기조차 싫었다. 하루를 버텨야 한다는 강박은 눈꺼풀을 더욱 무겁게 했다. 그렇게 몇 달을 견뎌냈다. 언제부턴가 정체 모를 슬픔이 서서히 온몸을 잠식했고, 급기야 가슴에 생긴 멍울이 점점 커져 목구멍까지 차올라 숨이 막혀 질식할 지경에 이르렀다. 그때마다 나를 숨 쉬게 해준 건 다름 아닌 초콜릿 한 조각이었다. 한 입 베어 물면 거짓말처럼 온몸에 달콤함이 퍼져 마음을 안정시켜주었다.

비록 초콜릿이 주는 짧은 위로가 끝나면 더 지독한 우울함이 나를 집어삼켰지만, 그 순간만큼은 그것조차 절실했다. 주위에 속마음을 털어놓은들 돌아오는 말은 언제나 똑같았다. 다들 지나갈 거라고, 편안하게 마음을 먹으라는 이야기뿐이었다. 나는 그때 마지막이라는 심정으로 이야기했었는데, 아무도 그 심각함을 모르는 것만 같았다.

삼킨 슬픔은 내 마음속에 점점 더 짙은 비구름을 만들었다. 불현듯 비가 내리기 시작하면, 떨어지는 빗방울 수만큼 가슴이 콕콕 찔리듯 아팠다. 아무리 맞아도, 흠뻑 젖어도, 익숙해지기는커녕 빗방울은 여전히 아프고 두렵기만 했다.

한 번은 마음속에 새까만 먹구름이 드리우더니 폭풍이 몰아쳤다. 너무 무서웠다. 이 고통을 끝낼 수 있는 유일한 해방구이자 탈출구는 내가 세상에서 사라지는 것뿐이라는 생각이 들었다. 주체할 수 없는 감정에 숨이 멎을 때까지 운동장을 미친 듯이 뛰었다. 심장은 터질 듯 요동쳤지만, 몸이 탈진해 버려서 더는 움직일 수 없었다. 눈물이 핑 돌았다. 그날따라 유난히도 반짝이는 별빛을 바라볼 수가 없었다. 차마 마주할 수 없는 슬픔이었는지도 모르겠다.

그러다 무언가에 홀린 것처럼 높은 곳으로 올라갔다. 형형색색의 불빛들로 이루어진 도시가 너무나 아름다웠다. 문득 여기까지 온 나에게 너무 화가 났다. 악이 끓어올랐다. 그 순간 나약했던 마음과 방향 없이 살아온 내 모습을 모두 바닥으로 떨어뜨려 버렸다. 그렇게 마음속에서 수십 번도 더 자신을 죽이고 나서야 홀가분해졌다.

지나고 나서야 알았다.

자기 안에 있는 우울은

그 누구도 아닌 자신만이 마주할 수 있음을.

그 누구도 아닌 자신만이 깰 수 있음을.

고독에 관하여

*

고요한 밤, 언제나 침상에 누워 잠을 청한다. 하루 동안 쌓인 피로가 많을 때는 쏟아지는 졸음을 이기지 못해 곧바로 잠이 든다. 한데 이따금씩 잠이 오지 않는 날이 있다. 현실과 꿈 사이의 경계에서 흐릿한 의식만 있는 채로 밤을 지새우곤 한다. 깨어있지도, 그렇다고 잠든 상태도 아니다. 그 시간 안에 갇혀 있다 보면 마음속 깊은 곳에 서식하고 있는 고독이라는 괴물이 연기처럼 피어오른다.

고독의 크기를 가늠할 수는 없다. 눈을 떴을 때는 시야에 들어오는 것들을 볼 수 있지만, 눈을 감고 있을 때는 내 앞에 무한한 어둠이 펼쳐져 있다. 고독은 그 어둠과 닮았다. 형체가 보이지 않는다. 목구멍까지 차올랐을 때는 질식할 것만 같은 공포가 밀려오기도 한다.

'과연 잘 살고 있는 걸까?', '나는 누구인가?', '내 삶의 끝은 어디일까?', 평소에는 피하기만 했던 원초적인 물음이 샘솟기 시작하면, 그때부터 점점 더 깊은 심연으로 빠지게 된다. 그대로 가만히 있다가는 그 어둠 속에 갇혀 현실에 있는 나를 잃어버릴 것만 기분이 든다. 내일을 살아가기 위해서는 상념의 주파수를 돌려 빠져나와야만 한다.

하이데거는 방랑하는 영혼은 고독하다고 했다. 어렵게만 느껴졌던 그의 말이 이제는 조금 알 것만 같다. 온종일 세상 속에서 순리대로 잘 살아가고 있다고 믿었는데, 정작 내 영혼은 어느 곳에도 안주하지 못하고 방랑하고 있었다. 그 어떤 믿음도 심연에서 마주하는 고독을 깨부술 수는 없다. 불완전한 인간의 영혼은 방랑할 수밖에 없기에 고독하다. 그 누구도 고독으로부터 자유로워질 수 없으며, 한없이 피해 본들 언젠가는 마주해야만 한다.

떼려야 뗄 수 없는 고독,

마음이 병들지 않을 만큼만

그 감정을 받아들여야 함께 살아갈 수 있다.

‘우리’의 이중성

*

한때 ‘우리’라는 단어를 정말 좋아했다.

나보다 우리가 더 소중했다.

우리는 영원할 것만 같았다.

한데 그건 몽상이었다.

우리는 이제 없다.

그때였으니 우리였던 거다.

자긍자시 (自矜自恃)

*

설령 세상 모두가

차가운 바닷속으로 당신을 밀어내도

절대 자신을 버려선 안 된다.

인생에서 가장 긴 시간 동안

나를 믿어주는 사람은

다름 아닌 자기 자신이다.

죽고 못 살던 사이도

혈연으로 맺어진 가족이나 친척도

어떠한 계기로 인해

한순간에 남남으로 돌아서기도 하니까.

나날이 무정해져만 가는 세상에서

자신마저 믿을 수 없다면

그것이야말로 가장 슬픈 일이 아닌가.

우리의 관계도 하나의 음악이었다

*

한때 사랑과 우정이라는 감정에 환상을 가진 적이 있었다. 지금 곁에 있는 이들과 함께 삶의 의미를 찾는 일이 왠지 멋져 보였다. 바야흐로 치기 어린 나이라 더 그랬던 것 같다. 그 사람들을 위해 매 순간 온 마음을 다해 나름대로 최선을 다했다.

우리의 관계는 하나의 음악 같았다. 오선지 위에 그려진 악보에 아름다운 선율이 끊임없이 흐를 수 있도록 그에 맞는 음표를 찾아다녔다. 미숙하고 서툴렀던 탓에 생각처럼 쉽진 않았지만, 그래도 음악은 끊기지 않고 계속 이어졌다. 하지만 언젠가부터 불협화음이 생기기 시작했다. 그동안 기울인 노력이 물거품이 될까 봐 애간장이 타들어 갔다.

다급한 마음을 주체하지 못하고 그만 여러 음표를 다갖다 붙여버렸다. 그러자 일순간에 모든 음표가 서로 부딪혀 깨져버리고 말았다. 우리 사이에는 그 어떤 음악도 흐르지 않고 정적만 감돌았다.

인정할 수가 없었다. 이대로 포기하고 싶지 않았다. 되돌리고 싶은 간절한 마음에 쉼표를 찍었다. 그럼, 언제든 다시 음악을 흐르게 할 수 있을 것만 같았다. 내가 남겨둔 쉼표라는 여지는 작은 희망이나 다름없었다. 그런데 결국 지나고 나니 여백만 고스란히 남겨진 채로 쉼표는 마침표가 되어버렸다.

뒤늦게서야 모든 것이 억지였었음을 깨달았다. 도돌이표를 아무리 그려본들 그저 똑같은 선율만 들려올 뿐이었다. 처음부터 곡을 다시 쓸 수도 없었다. 이미 끝난 음악을 붙들고 있던 마음은 속절없이 무너져 내렸다. 그때부터 누군가와 함께 음악을 만들어 나가는 일은 엄두가 나질 않았다. 실패를 반복하고 싶지 않은 마음에 사람을 만나는 일까지 두려워졌다. 얼이 빠진 인형처럼 수개월을 지내고 나서야 겨우 내가 만든 환상에서 깨어나 현실로 돌아올 수 있었다.

하지만 후회는 없다. 그런 추억 하나쯤은 나쁘지 않은 것 같아서, 누군가에게 가장 순수하게 마음을 줄 수 있었던 때가 있어서다. 비록 내가 만들었던 음악은 아름답게 끝을 내지 못하고 막을 내렸지만, 그 나름대로 가치는 있었다고 생각한다.

이제는 안다.
억지로 곡을 만들려 할수록 불협화음이 생긴다는 것을.
모든 관계는 깊었던 만큼 상처받을 수 있다는 것을.
맞지 않는 사람과는 도돌이표만 반복된다는 것을.

당신과 나는 언제 끝날지 모르는 하나의 음악이다. 경쾌한 왈츠가 흘러나오기도 하고, 운명 교향곡처럼 거친 음악이 흐르기도 한다. 오르락내리락 반복되는 멜로디 중에서 어떤 곡이 가장 가치 있을지는 당장 알기는 힘들다. 그저 우리는 살아 있는 동안 계속 새로운 음악을 만들어 갈 뿐이다.

전하지 못한 진심

*

그때 진심을 말했다면

얼마나 많은 것들이 달라졌을까.

이따금 혼자 공연한 몽상에 빠지곤 해.

후회가 남는 미련이란 병은

이런 후유증이 주기적으로 반복되나 봐.

물론 기억이 흐릿해지는 정도에 따라

그 빈도는 점점 줄어들겠지.

지금이라도 진심을 말해보라는 사람들도 있는데,

그건 불가능해.

그때 내가 품었던 진심이 더는 온전하지 않으니까.

그게 무엇이었든 간에 시간이 지나면 아무 소용이 없어.

아무렴 어때.

닿지 못한 진심이 안타까워도

그 선택도 나름대로 존중받아야 하는걸.

그만큼의 의미가 있었다는 것을 내가 기억하고 있으니,

그걸로 된 거야.

무언가를 잊는 방법

*

생각할 틈이 생기지 않게
정신없이 바쁘게 살아.

그러다 불현듯 꾹 눌러 담았던 감정이
일렁이다가 터지기라도 하는 날에는
받아들일 수밖에 없어.

깊은 슬픔의 바다에
흠뻑 빠져 허우적거리다 보면
지쳐서 아무 생각도 안 들더라.

그럼 또 일상으로 돌아가서

정신없이 바쁘게 살아.

이런 일련의 과정이 반복되다 보면

언젠가 서서히 희미해지겠지.

결국 시간이 약이더라.

혼자의 한계

*

고달픈 삶을 살아가다 보면, 누구의 간섭도 도움도 없이 떡하니 혼자 있고 싶을 때가 있다. 처음에는 자신만의 시간을 보낼 수 있어 기쁘지만, 그 기간이 길어질수록 견딜 수 없는 고독감이 밀려와 끝내 대화상대를 찾게 된다.

영화 '캐스트 어웨이'를 보면 이를 알 수 있다. 주인공 톰 행크스는 비행기 추락사고에서 극적으로 살아남아 4년간 무인도에서 지내게 된다. 그는 외로움을 달래기 위해 배구공을 사람 모양처럼 만들어 오랜 시간 동안 친구처럼 대한다. 움직일 수도, 말할 수도 없는데 정이라도 들었던 걸까. 공이 바다에 떠내려가자 필사적으로 공을 구하려고 달려든다. 하지만 거센 물살로 인해 공은 저 멀리 시야에서 사라지고 말았다. 구하지 못한 자책감과 밀려오는 슬픔을 이기지 못한 그는 펑펑 울어버린다.

사회와 단절된 무인도에서의 삶이 얼마나 고독할지는 감히 상상조차 가지 않는다. 세찬 비바람이 불어오는 날에는 따듯하고 포근한 보금자리가 얼마나 그리울까. 먹을거리가 없어 허기가 질 때에는 늘 먹던 평범한 밥상이 얼마나 그리울까. 심지어 몸이라도 아프면 혼자서 얼마나 서러울까. 우리는 무수한 세월 동안 사람들이 만들어 놓은 사회라는 공동체가 있기에, 타인과의 관계를 통해 성장하고 살아갈 수 있는 것이다.

한때 나는 혼자서 많은 경험을 해보고 아는 것이 짧은 인생을 옹골차게 보내는 방법이라 믿었다. 모르면 시간이 걸려도 어떻게든 답을 찾으려 했고, 다방면으로 지식을 쌓는 일에 힘썼다. 하지만 습자지 정도의 지식으로 넓게 아는 수준은 그리 효율적이지는 못했고, 혼자서 되지도 않는 일을 붙잡고 끙끙대는 일이 많았다. 사실 인생에서 많은 일을 하기에는 시간이 턱없이 부족하다. 모르는 것이 있으면 그 분야에서 박식한 이에게 자문하면 된다. 일일이 찾아보는 편이 더 소모적이다.

아리스토텔레스는 '인간은 사회적 동물이다.'라는 유명한 말을 남겼다. 우리는 태어나자마자 국가라는 범주 안에서 사회적 일원으로 살아가기 위한 규범이나 지식을 교육받아 습득한다. 사회는 공동의 목표를 가진 수많은 사람이 모인 조직의 집합체다. 제각기 맡은 역할도 다양할 터, 그 속에서 내가 가진 능력을 극대화하여 사회에 이바지하면 된다.

너무 혼자서 하려 애쓰지 말자.
사람이라면 서로를 채워가며 이끌어 주어야 한다.

사과의 진정한 의미

*

생각한 대로만 행동할 수 있다면 좋겠지만, 그사이 내 감정도 끊임없이 바뀌고 판단이 흐려져 상대에게 실수를 저지르고 만다. 아무리 노력해도 애초에 미안한 일을 만들지 않는 것은 불가능하다. 내가 무심코 한 행동이 상대에게 상처가 될 수도 있고, 상대가 무심코 한 행동이 나에게 상처가 될 수도 있기 때문이다.

나는 조금이라도 누를 끼치는 것은 도리가 아니라 여겨 미안하다는 말을 입에 달고 살았다. 이것이 나름 최소한의 배려라 믿었는데, 사람들은 뭐가 그리 소심하냐며 나를 질책하기 일쑤였다. 어떤 이들은 내가 약하게 보였는지 만만하게 대하는 경우도 있었다. 가깝게 지낸 사람들도 마찬가지였다. 내가 진심으로 사과할 때는 시큰둥했다. 같은 말만 반복하다 보니 마음이 와닿지 않는 모양이었다. 마음이 아팠지만, 한편으로는 이해가 되었다. 그럴 때마다 괴로웠다. 미안하다는 말 밖에서 못해서 미안하다는 말이, 그럴 때 쓰는 표현이었다.

말 한마디에도 때가 있는 것 같다. 시기를 놓쳐서도 안 되고, 빈번히 건네도 마음이 실리지 않는다. 평소에 무뚝뚝한 사람이 한번 좋은 말을 건넸을 때 효과가 배가 되는 것처럼, 감정이 온전히 전해지기 위해서는 강약 조절이 필요하다.

어쩜 나는 사과를 함으로써 내 속에 있는 짐을 먼저 덜어내고 싶었는지도 모르겠다. 그래야 한결 홀가분해지니까. 누구를 위한 사과였을까. 그 사람을 위한 것이 아니라, 나를 위해서가 아니었을까. 그저 상대방은 말이 아니라 나의 변화된 행동을 더 보고 싶었을지도 모른다.

무릇 사과의 진정한 의미는 화해를 통해 서로의 관계를 진전하자는 뜻이 아닐까 싶다. 미안하다는 한마디보다 그 마음이 더 중요했을 테니까.

취한 시간의 대가

*

예전에는 괴로움을 달래 보려 종종 술에 의지했다. 나의 정신을 옭아매던 온갖 사념도 취기가 올라오는 순간 깡그리 사라져 버렸다. 적어도 그 순간만큼은 묵어 곪아버린 감정의 찌꺼기를 덜어낸 것처럼 속이 후련했다. 비록 아침마다 머리가 산산조각이 난 것 같은 두통과 숙취에 시달렸지만, 전날 밤의 극명한 쾌감을 쉽게 잊을 수가 없었다.

이런 게 알코올 중독인가 싶었다. 거의 매일 술자리를 찾아다니다시피 살았다. 어둠 속 은은한 달빛이 내리쬐는 밤, 감상에 흠뻑 젖은 우리는 그럴싸하고 멋들어진 건배사를 붙여 잔을 맞대곤 했다. 한 잔은 애련한 마음을, 한 잔은 현실의 비애를, 한 잔은 암담한 미래를. 내일이 온다는 사실도 망각한 채로 음주가무를 즐겼다. 술에 취해, 분위기에 취해, 사람에 취해, 감정에 취했다. 순간을 즐기고 싶었던 걸까. 현실로부터 도망가고 싶었던 걸까. 아직도 잘 모르겠다. 분명한 건 당시의 감정이 지금은 온전하지 않다는 것이다.

좋았던 기억은 후회로 얼룩져 버렸다. 우리는 평소보다 북받쳐 오르는 감정을 주체할 수 없어 이성의 끈을 살짝 놓아버리는 경우가 많았다. 꼭두새벽에 누군가에게 전화하거나, 유치한 농담에 시비가 붙어 실랑이를 벌이거나, 그간 쌓아왔던 응어리를 서로에게 터뜨리기도 했다. 그 순간만 참고 넘기면 될 텐데, 충동적인 감정을 절제하지 못해 화를 자초하고 말았다.

지금껏 머뭇거리다 술김에 내뱉은 말은 열에 아홉은 후회가 막심했다. 갈등의 원인이 되기도 하며, 그로 인해 수많은 관계가 단절되었다. 이튿날 간밤의 시간을 되돌리고 싶을 정도로 자책해 봐도 이미 벌어진 일을 돌이키기란 쉽지 않다. 만일 기어코 해야 할 말이 있다면, 조금이나마 평정심을 유지할 수 있을 때 해야 한다. 술의 힘을 빌리면 빌릴수록 감정의 소용돌이가 거세져 판단력은 더 흐려지기 마련이니까.

근래에 들어 마주하고 싶지 않은 현실을 피해 술에 취해 있던 시간이 너무 아깝게 느껴진다. 당시에는 둘도 없는 사이라며 술잔을 기울였지만, 막상 지금까지 인연의 끈을 이어온 사람은 몇 안 된다. 술은 딱 알딸딸해질 정도가 좋은 것 같다. 적당한 음주는 생활의 활력을 주기도 하지만, 너무 취해 살면 나를 그저 취한 사람으로밖에 보지 않는다.

남는 건 결국
후회로 얼룩진 흐릿한 기억뿐이다.

있는 그대로

*

언제부터인가 과거의 불행을 일일이 늘어놓지 않는다. 어떤 이는 현재의 모습에 지난날을 대입하여 나를 단정 지어버리니까. 이 세상이 자기 의지대로 살아지는 것도 아닌데, 그런 오해를 하는 이들이 안타까울 따름이다. 심지어 그렇게 생긴 편견은 생각보다 견고하여 쉽게 깨지지도 않는다.

우리는 현재를 산다. 누군가의 과거에 어떤 불행이 있었든 간에 크게 연연하지 말자. 무엇보다도 지금 있는 그대로의 모습이 중요하니까.

나만

*

주변은 모두 행복한데

나만 슬플 때

괜스레 눈시울이 붉어져

이상하게 더 슬프더라

나만 세상에 버려져

외톨이가 된 기분이고

나만 울고 있으니

이상한 사람 같고

나만 그럴 수 없으니

애써 공허한 웃음 지어 보이고

나만 그 무리에서

같은 마음인 이가 보이고

무엇보다 슬픈 건

그것마저 익숙해질 때

썼던 글을 지우는 일

*

그 짧은 하루에도, 감정적인 나는 기분이 오르락내리락 한다. 생기가 넘치는 일상을 보내다가도, 이슥한 밤이 되면 곧잘 찾아오는 고독감을 피할 수가 없다. 분명 따사로운 햇살이 대지를 비추는 한낮에는 이성이 깨어있었는데, 해가 지기만 하면 땅거미와 함께 감성이 찾아온다. 청천에는 묘연했던 달이 어둠이 몰려와야 밤하늘에 자태를 뽐낼 수 있는 것처럼.

그런 나의 감정변화가 글에도 확연히 드러난다. 아무래도 집중력이 최고조에 달하는 잠들기 전이나, 막 일어난 새벽에 떠오른 생각을 정리하다 보니 더 그런지도 모르겠다. 고독에 듬뿍 취해 적었던 글이 아침이 되면 부끄럽기도 하고, 다소 희망적인 색을 띠던 글이 밤이 되면 우울해지기도 한다. 그사이 몇 번을 지웠다 다시 적었는지는 헤아릴 수가 없다. 한데 꼭 나쁘다고만 생각지는 않는다.

그건 나의 치열한 고민의 흔적들을 남기는 일이니까.

부풀지 않는 꿈에 지쳐갈 때

*

처음부터 구멍이 난 풍선은 아무리 불어도 부풀어 오르지 않는다. 잠깐 공기가 들어간 것처럼 보여도 금세 쪼그라든다. 때론 그 모습이 나를 향해 비웃는 것만 같다. 이루어지지 않는 모든 일이 다 그렇다. 차라리 부풀어 오르지나 말든가. 될 듯 말 듯 애타는 희망 고문은 잔인하기 그지없다.

한때 너무 지쳐 그만 포기하고 싶었던 적이 있었다. 정말 최선을 다했기에 더는 미련이 없었다. 한데 주변에서 더 노력해 보라는 말을 들었다. 기운이 푹 빠졌다. 노력이 부족하다는 말이 틀린 것은 아니지만, 그 끝이 도통 보이지 않아 지쳐있을 때라 아프게 다가왔다. 나로서는 아무리 입

김을 불어도 부풀어 오르지 않는 구멍 난 풍선을 버리고, 포기를 통해 다른 선택의 기회를 얻고 싶었다.

우리는 어디까지나 타인을 단편적으로 볼 수밖에 없다. 얼마나 부단히 노력해 왔는지, 어떤 마음으로 임해왔는지, 모든 것을 세세히 알기는 힘들다. 막상 무언가를 이루어도, 행여 무거워 보일까 싶어 그 과정을 가볍게 말하는 것이 대다수다. 마찬가지로 포기도 각자의 기준에서 노력해 볼 만큼은 해본 끝에 내린 결정이라 존중받아야 한다. 실제로 해보지도 않고서 그 사람의 일에 대한을 결정을 쉽게 생각해서는 안 된다. 그건 무례한 행동이며, 누군가에게는 돌이킬 수 없는 상처가 될 수도 있다.

감기 걸린 마음

*

원래부터 내성적이었던 B는 전보다 말수가 더 줄었다. 자신이 내뱉은 말이 다른 사람에게 상처를 줬다는 사실을 알아차린 이후부터다. 단지 누군가와 많은 이야기를 나눈다는 것 자체가 나름대로 의미가 있어 좋을 줄 알았지만, 지나고 보니 정작 할 말과 해선 안 되는 말의 경계를 지키지 못했던 것이다.

이제는 매사 자질구레한 것까지 다 조심스럽다. 엎친 데 덮친 격으로 대인기피증이 찾아와서 낯선 이와 마주하는 일마저 힘겨워졌다. 가급적 사람들로 북적이는 번화가나 공공장소는 현기증이 나서 피한다. 사고 싶은 물건도 웬만해선 인터넷으로 시키고, 식당에서 점원을 불러 주문하는 일도 다른 사람 몫이다. 모임에서도 자연스럽게 어울리기가 쉽지 않다. 여럿이서 대화를 나누는 도중, 어떻게 끼어들어야 할지 몰라 망설이다가 결국 듣기만 한다. 그러다 보니 그런 자리가 부담스럽게 느껴져 점점 피하게 된다.

또한, 필요한 말을 해야 할 순간에 망설이다가 시기를 놓치는 일이 잦다. 이로 인해 상대방이 오해하고, 의도치 않게 관계가 악화되기도 한다. 하지만 무엇보다 힘든 것은 이런 자신을 이해해 주는 사람이 많이 없다는 점이다. 도리어 다그치는 경우가 많다. 입에 담기까지 힘든 심한 모욕을 들은 후에는 사람이 더욱 무서워졌다고 했다.

누구나 감기에 걸리듯 마음의 병을 앓을 수 있다. 그런 사람을 차갑게 대하거나, 혹은 일방적으로 색안경을 끼고 좋지 않은 시선으로만 본다면 증상은 더 나빠질 수밖에 없다. 물론 본인의 노력도 중요하지만, 주변에서는 직설적으로 쏟아붓는 말이 아닌 따뜻한 말로 다독여줘야 한다.

괜찮이. 괜칞아.

괜찮아질 거라고.

파랑새

*

하나 둘 셋
술래가 되어 파랑새를 찾는다.

티 없이 드맑은 동자 뒤에 있니?
우뚝 솟은 강남 빌딩 위에 있니?
창공에 걸려 있는 태양 위에 있니?
휘황찬란하게 아리따운 사람 뒤에 숨어 있니?

마테를링크 물어보니
주변에 있다고 했는데
지금껏 너를 찾아 헤매고 있구나.
태초부터 없었다면 알려주지 그랬니.

유하게 흘러간다는 것

*

샤워기에서 나온 물줄기가 머리를 타고 바닥으로 줄줄 흘러내린다. 이때 하루 동안 쌓인 마음속 먼지도, 온갖 걱정과 잡념도 함께 흘려보낸다. 그렇다고 해서 전부 다 떠내려가지는 않는다. 배수구 거름망에 적나라하게 머리카락이 쌓이는 것처럼, 미처 빠져나가지 못한 감정도 있다. 그럴 때마다 억지로 한 오라기씩 주워서 쓰레기통에 버려야 한다. 안 그러면 나중에 수챗구멍이 막혀 그 어떤 것도 흘려보낼 수가 없게 된다.

지금껏 나는 수많은 번민에 시달려야 했다. 근심으로 가득한 마음은 깊이를 가늠할 수 없을 정도로 번번이 일렁였다. 그중 익숙한 곳을 벗어나 새로운 곳으로 가는 걱정이 가장 많았다. 과연 내가 낯선 환경에서 잘 적응할 수 있을까. 잘할 수 있을까. 또 괜찮을까. 실체 없는 두려움에 고민을 거듭하다 시름에 잠기곤 했다. 하지만 막상 지나고 나자, 왜 그런 걸 걱정했나 싶을 정도로 부질없었다.

목욕탕에 가서 열탕에 들어가면, 딱 처음 발을 디딜 때가 제일 힘들다. 물의 온도가 불덩이처럼 뜨거워 쉽사리 몸을 담글 수가 없다. 서서히 탕 안으로 들어가야 뜨거움이 상대적으로 가라앉아 뜨뜻하게 느껴진다. 냉탕도 망설여지긴 마찬가지다. 발을 넣자마자 극명한 온도 차에 몸이 으스스 떨린다. 탕에 몸을 담그고 조금 시간이 지나야, 차가움이 얼얼한 느낌으로 변해 다소 편해진다. 이처럼 인간은 적응하는 동물일지도 모른다. 어떠한 환경 변화든 적응하는 건 대체로 마음먹기에 달렸다. 아직 부닥치지도 않은 일을 괜스레 지레짐작하여 겁부터 먹을 필요는 없다는 것이다.

우리의 인생이 강에서 바다로 흘러가는 과정이라면, 이러나저러나 종착지는 어차피 바다다. 이왕이면 사념을 조금 떨쳐버리고, 강물에 편히 몸을 실은 채로 유하게 흘러가는 편이 낫지 않을까.

그런 날

*

1분, 아니 30초만

일찍 도착했어도 탈 수 있었는데

눈앞에서 기차를 놓쳤다.

떠나가는 기차를 멀뚱히 바라본 채로

한동안 망연자실했다.

내 마음이 편해진다면

*

자학에 빠져 헤어 나올 수 없었던 시기가 있었다. 그릇된 모든 일이 전부 내 탓만 같았다. 어쨌든 삶에 있어 결과라는 산물은 자신의 선택에서 비롯되니까. 그러던 어느 날, 남 탓만 하는 친구에게 공연스레 물어봤다.

"너는 왜 매번 남 탓만 하니?"
"마음이 편해."

굵직하고 간결한 그의 대답이 나의 마음을 송두리째 뒤흔들었다. 곰곰이 생각해 보니 여태 일이 꼬인 것이 꼭 내 탓만은 아니었다. 타인이기도, 나를 둘러싼 환경이기도, 무정한 세상이기도 했다. 불가항력 같은 외적인 요인에는 속수무책일 수밖에 없었다.

솔직히 그 과정에 있었던 일까지 모두 자신이 전부 짊어지기에는 버겁다. 차라리 탓할 거리가 있으면 마음속으로나마 그렇게 생각해 보기로 했다. 가슴속에 쌓인 응어리라도 덜어지면 조금은 홀가분해질 수도 있으니.

인스턴트 라이프

☆

부산한 아침, 붐비는 사람들 틈을 비집고 하루를 시작한다. 다들 쳇바퀴처럼 반복되는 메마른 삶에 지쳤는지 무표정하다. 더구나 시뿌연 미세먼지로 인해 숨을 쉴 곳조차 없다. 삶도, 사람도, 마음도 그리고 나를 둘러싼 공기마저 갑갑하기만 하다. 그저 오늘도 별일 없이 지나가길 바랄 뿐이다.

째깍째깍 초침은 점점 더 빨라진다. 빡빡해져만 가는 일상 속에서 시간적 여유를 가질 겨를도 없다. 일을 마친 후에 귀가해도, 쌓인 집안일을 끝내고 나서야 겨우 침상에 누울 수 있다.

우리의 삶은 마치 인스턴트 음식처럼 변해간다. 새로운 사람을 만나 관계를 맺고 끊는 일도 추가와 차단 두 가지 버튼으로 가능하다. 주소록에는 사회에서 만난 지인들로 가득해지고, 정작 가까운 친구들을 만날 기회는 줄어든다. 사실상 많은 사람과 둥글둥글하게 관계를 유지할 수 있는 힘이 없다. 곁에 있는 몇몇을 챙기는 일과 나를 위한 시간을 갖는 것만으로도 충분히 벅차다. 그러다 보니 생활도, 공간도, 관계도 점차 미니멀리즘을 추구하게 된다.

언제부터인가 일상 속 정겨운 대화도 사라져만 간다. 감정을 잃은 로봇처럼 필요한 연료를 제때 채워가며 사는 것은 아닌지 회의감이 드는 건 왜일까. 살기 위해 먹는 건지, 먹기 위해 사는 건지조차 모를 때가 있다. 나도 대다수와 비슷하게 살지만, 사실 내가 잘 살고 있는지는 모르겠다.

매일 밤, 이 치열하게 돌아가는 굴레를 조금이나마 벗어나고자 잠자리에 들기 전 명상을 해본다. 그럼에도 마음 한구석의 공허함은 쉽게 가시지 않는다.

살아가는 일

*

어김없이 땅거미가 진다. 형형색색 다채로운 불빛이 어슴푸레 모습을 드러내더니, 마치 기다렸다는 듯 눈부신 장관이 펼쳐진다. 우리나라의 야경은 유독 늦은 시각까지 아름다운 자태를 뽐낸다. 그 이면에는 치열한 우리의 삶이 스며있어 더 빛나는지도 모르겠다.

오죽하면 누군가는 '저녁 있는 삶'이 꿈이 되어버렸을까. 좀체 끝을 알 수 없는 업무와 상사의 눈칫밥에 밥 먹듯이 야근을 한다. 하루 중 유일한 해방구는 퇴근 시간이다. 그 허한 마음을 달래 보려 술이라도 마셔보지만, 다음 날 아침에 돌아오는 허무함은 배가 되어 찾아온다.

그런다고 직장을 뛰쳐나가 자기 일을 시작해 본들 끊임없는 경쟁에 또 부딪힐 뿐이다. 자영업도 마찬가지라, 뭔가 하나 잘 된다 싶으면 옆에 똑같은 가게가 생기거나 누군가가 따라 하기 부지기수다. 기업 역시 꾸준히 이어 나가려면 끊임없이 변화를 거듭해야 한다.

경쟁에서 도태되면 안 되는 시대를 탓해야 하나. 차라리 몇백 년 전이 지금보다 좋았을까. 동이 트는 새벽에 일어나 농사를 짓다가, 해가 저물 즈음 잠자리에 들었으면 지금보다 행복했을까. 아니, 분명 그들만의 고충이 있었을 테다. 철저한 계급사회에서 오는 박탈감과 보릿고개를 걱정하고, 전쟁이라도 일어나면 피난을 가야 한다. 어쩌면 우리의 삶 자체가 처음부터 살아남는 일이 아니었을까.

어느 날 술을 마시고 대리 운전기사를 불러 집으로 간 적이 있었다. 얼핏 보아 60대 남짓한 기사님이셨는데 운전하는 모습이 조금 서툴러 보이셨다. 내심 걱정이 되어 물어보니 자신의 오른팔이 의수라고 했다.

“20년 넘게 방앗간을 하다가 기계에 손을 잘못 넣어 그만 팔을 잃었어요. 그나마 한 손으로도 내가 할 수 있는 일이 운전뿐이니, 대리기사가 되기로 했죠. 어떻게든 살아가기 위해 이거라도 할 수 있음이 불행 중 다행이라 생각해요.”

공연스레 죄송스러웠다. 집에 도착하기까지 이런저런 이야기를 나누었지만, 뒤숭숭한 마음은 좀처럼 가라앉지 않았다. 할 수 있는 일이 있다는 것에 감사해야 할지, 살아가기 위해서 어쩔 수 없이 일해야 한다는 것이 슬픈 건지, 두 가지 마음이 자꾸만 나를 파고들었다.

무뎌지는 순간

*

야심한 밤, 뻥 뚫린 고속도로를 달리다 갑자기 미친 듯이 졸음이 쏟아졌다. 휴게소까지 남은 시간은 어림잡아 십 분, 음악의 볼륨을 높이고 차창을 내렸다. 바깥에서 불어오는 시원한 바람을 맞아도 잠은 쉽게 달아나지 않았다. 하는 수 없이 허벅지를 꼬집어 가면서 큰 소리로 노래를 따라 불렀다. 어째 살기 위한 몸부림이 처절하게만 느껴졌다.

가까스로 휴게소에 도착하고 나서야 살았다는 안도의 한숨을 내쉴 수 있었다. 자의든 타의든 간에 내 삶은 이렇게 견디는 일의 연속이었다. 그나마 다행인 것은 버티고 버티다 보면 항상 끝은 있었다. 그런 나를 다시 기운을 내라며 위로라도 해주고 싶었던 걸까. 그날따라 밤하늘에 유난히 반짝이는 별빛이 나를 다독여 주는 것만 같아 괜스레 코끝이 찡해졌다.

휴게소 모퉁이에는 작은 뽑기 기계가 있었다. 쉬어갈 겸 해서 그 안을 들여다보니, 매직 큐브가 눈에 띄었다. 어릴 적, 아무리 헝클어 놓아도 척척 잘 맞추었던 기억이 새록새록 떠올랐다. 호기심에 천 원짜리 몇 장을 넣어 뽑았다. 하지만 그 기쁨은 잠시뿐이었다. 살짝 만지작만지작한 것을 풀려고 하니 이상하게 더 꼬여만 갔다. 연거푸 실패하자 진절머리가 나서 차 구석에 던져놓고 다시 출발했다.

예전에는 작은 퍼즐도 무조건 끝까지 맞추려고 몇 날 며칠을 붙잡았었는데, 이제는 쉬이 포기하는 내 모습이 더 익숙하다. 관계도, 오해도 그런 것 같다. 풀리는 경우보다 더 헝클어지는 경우가 많으니, 아예 시도하지 않은 것보다 못하다. 구태여 나에게 있어 중요한 사람이 아니라면 노력을 기울일 필요가 있는지 의심이 들기도 한다. 흐트러질수록 다시 잘 맞춰보려 했던 지난날에 지쳐버렸다고나 할까. 이제는 그게 무엇이든 끼워 맞추려 해도, 더 흐트러질 수 있다는 것을 안다. 그리하여 자연히 잘 되길 바라는 마음으로 편안하게 살기로 했다.

오늘도 버틴다.
전보다는 무뎌져 버린 나를 이끌고.

불빛

*

온 세상이 나를 위해 펼쳐질 거라 믿었는데

결국 나는 저 수많은 불빛 중의 하나였던 거다.

그래도 괜찮다.

아주 잠깐

내가 누군가를 밝힐 수 있다는 것만으로도.

조약돌

*

지금껏 얼마나 많이 무너졌는지 셀 수가 없다. 이리 치이고, 저리 치이고, 이제는 익숙해질 법도 한데 늘 아프기는 매한가지다. 새로이 마음가짐을 다져도 재차 원점으로 돌아온다. 삐저린 경험과 실수를 통해 배우지만, 후회하지 않는 삶은 사실상 힘들다. 역시나 산다는 것은 쉽지가 않다.

어쩌면 우리는 하나의 모난 자갈로 이 세상에 태어났는지 모른다. 크기를 알 수 없는 수많은 모진 풍파를 겪고 나서야 자질구레하고 날카롭던 모양이 무뎌져 그제야 누군가의 손에 쥐어질 수 있는, 매끈한 조약돌로 변한다.

2장

인생은
감정의 깊이가 다른 순간들

그 사람의 말을 기억한다

*

"카르페 디엠."

사람은 언젠가 죽으니, 생이 다하기 전까지 현재를 즐기자. 영화 〈죽은 시인의 사회〉에서 존 키팅 역을 맡은 로빈 윌리엄스가 했던 말이다. 몇십 년이 지난 지금도 그 장면에서 보았던 그의 눈빛과 대사는 쉽사리 잊히지 않는다.

"국민의, 국민에 의한, 국민을 위한."

링컨을 생각하면, 게티즈버그 연설의 마지막 구절이 먼저 떠오른다. 무엇보다 국민이 우선이라는 짧고 강렬한 말 속에 그의 행적과 삶의 철학이 고스란히 녹아있다.

비록 이 둘은 세상을 떠났지만, 몇 마디의 말과 함께 오늘날 우리의 가슴속에 남아 회자되고 있다. 말은 참 신비로운 힘을 가지고 있는 것 같다. 누군가를 추억할 때도 그 사람이 했던 말이 강렬하게 떠오르는 것처럼. 결국 내 안에 남는 것들은 별거 아닌 다정한 말이기도, 상처를 주었던 비수이기도, 삶에 영감을 주었던 말이기도, 지친 나를 일으켜 주었던 응원이기도 했다.

나를 지켜주는 단어

*

러시아의 작가 도스토옙스키의 작품을 좋아한다. 파란만장했던 삶의 경험이 우러나온 그의 탁월한 심리묘사는, 책장을 넘길 때마다 넋이 빠질 정도로 나를 상념에 잠기게 만든다. 그중에서도 사형 집행을 앞둔 사형수가 극적으로 사형 중지 명령을 받고 살아남은 이야기를 담은 〈백치〉가 가장 기억이 많이 남는다.

주인공은 사형대로 끌려가면서 몇 분 후에 자신이 죽게 될 것이라는 불안에 떨었다. 그러다 자신에게 남은 시간이 단 5분이라는 것을 알게 된다. 고작 5분. 짧지만 길게 느껴지는 그 시간을 어떻게 쓸지 고민하다가, 그중 2분은 자신과 함께해 온 지인들과의 작별을 위해, 그리고 2분은 자신의 지난날을 되돌아보기 위해, 마지막으로 남은 1분은 자신이 서 있는 주변을 돌아보는 데 쓴다. 그다음부터가 인상 깊었다. 마지막 순간 그의 마음은 살고 싶다는 갈망으로 가득했으니까. 후회가 남는 지난날을 되돌아본들, 막상 닥쳐온 죽음 앞에서는 초연할 수 없었다. 오로지 살고 싶을 뿐이었다.

그 사건이 계기가 되었는지는 모르지만, 도스토옙스키는 이후 수많은 명작을 탄생시키고 역사에 남게 된다. 우리는 '시간' 속에 살지만, 정작 중요한 '시간'을 망각한 채로 산다. 아무리 지치고 힘들어도, 때로는 아직 시간이 있다는 사실만으로도 큰 위안이 되는데.

내게 힘이 되고
나를 지켜주는 단어가 무엇인지 묻는다면
'시간'이라고 말하고 싶다.

본성에 관한 질문

*

삼세지습지우팔십(三歲之習至于八十), 인지능력이 생기는 세 살 때 생긴 버릇이 여든까지 간다는 유명한 고사성어다. 선조들의 수많은 경험에서 비롯하여 대대로 널리 전해져온다. 게으른 이는 늘 느릿느릿하여 매사에 미온적이지만, 부지런한 이는 늘 빠릿빠릿하여 매사에 최선을 다하는 것을 보면 공감이 갈 수밖에 없다. 물론 나도 쉽게 고쳐지지 않는 습관들이 꼬리표처럼 따라다니니 매한가지다.

우리는 세월이 흘러 모습이 바뀌어도, 본디 지닌 성격이나 성품은 큰 틀에서 벗어나지 않는다. 항상 약속 시각에 늦는 이에게 시간의 중요성을 알려주어도, 생각 없이 돈을 펑펑 쓰는 이에게 절약의 중요성을 알려주어도, 결국 똑같은 일이 반복된다. 그걸 고치려 서로를 위해 잘못된 점을 지적해본들 무의미하다. 도리어 지치고, 피차 감정만 상할 뿐이다. 그게 어떤 모습이든 서로를 받아들이는 쪽이 편하다.

세상에는 비슷한 성향을 지닌 사람은 있을지 모르나, 자신과 똑같은 사람은 없다. 고로 관계를 유지하기 위해서는 그 간격의 차를 좁히거나 맞추어 가는 거라 믿었다. 한데 잘못된 생각이었다. 맞물리지 않는 퍼즐 두 조각을 억지로 붙여본들 모양은 쉬이 틀어져 버렸다. 그 정도가 심하면 애초에 시도할 엄두조차 들지 않는다. 살면서 제아무리 노력해도 맞지 않은 사람을 만나본 적이 있을 것이다. 계속 볼 사이가 아니라면 구태여 만남을 지속할 필요는 없다고 생각한다.

타고난 천성은 쉽게 변하지 않는다.

그만큼 인지하여 끊임없이 노력하든가.

그냥 받아들일 수밖에 없다.

혀는 칼보다 날카롭다

*

모두에게 웃음거리가 누군가에게는 아픔이 될 수 있다는 사실을 알고부터는 외모를 소재로 비아냥거리는 코미디가 그리 썩 유쾌하지만은 않다. 도리어 그런 미디어의 영향이 우리의 일상에 스며들어, 아직 가치관이 제대로 형성되지 않은 아이들에게 물들까 걱정된다.

어린아이들은 친구의 외모를 우스갯말로 재미 삼아 비하하여 놀리곤 한다. 나도 유년기에 장난기가 많아 몇 명의 친구를 울렸던 기억이 난다. 별다른 뜻은 없었다. 그저 친구들과 친해지고 싶었고, 좋아하는 아이의 마음을 얻고 싶을 뿐이었다. 치기 어린 나이라 그런 말들이 상처가 될 줄은 미처 몰랐었다. 막상 내가 누군가에게 놀림을 받고 나서야 비로소 그 심정을 알게 되어 깊이 반성하게 되었다.

우리는 성인이 되어서도 외모에 관한 콤플렉스 하나쯤은 가지고 있다. 한데 이런 마음을 안중에도 없이 스스럼없이 타인을 지적하는 이가 있다. 살이 쪘다느니, 핼쑥해서 아파 보인다느니, 피부가 안 좋다느니, 듣는 사람의 입장에서는 썩 기분이 좋지 않아 눈살을 찌푸리게 된다.

심한 경우 그 일이 트라우마가 되어 생각지 못한 후유증에 시달리는 사람도 있다. 누군가 자신의 흉을 볼까 두렵고, 밖에 나가서도 사람들의 시선에 형체 없는 공포를 느낀다. 급기야 사람을 만나는 일마저 두려워져 집 밖으로 나가지 않게 된다. 정작 말로 아픔을 준 사람은 이런 사실을 인지 못 하는 경우가 대부분인데 안타깝기 그지없다.

혀는 칼보다 날카롭다고 하여 설망어검(舌芒於劍)이라 했다. 똑같은 말이라도 저마다 느끼는 감정이 천차만별이기에, 심적으로 상처를 입는 크기도 제각각이다. 상대에게 상처가 되는 말은 잘 걸러서 뱉어야 한다. 그리고 무엇보다 당사자의 앞에서 겉모습을 평가하거나 지적하는 일은 삼가야 한다.

사람은 타인의 말로 자신을 인식하고 판단하는 습관이 무의식중에 내재되어 있다고 한다. 인사치레라도 좋으니, 오랜만에 만난 이에게 듣기 좋은 말을 건네 보는 것은 어떨까. 보이지는 않지만, 향기 나는 예쁜 꽃을 선물한 것과 같다.

스스로를 갉아먹는 욕망

*

주저리주저리 자랑거리를 늘어놓는 이가 있다. 하물며 없는 말까지 보태어 부풀린다. 피라미가 월척이 되고, 동네 뒷산이 한라산이 되는 건 일순간이다. 과시하고 싶은 욕망으로 가득 찬, 알맹이가 쏙 빠진 허울뿐인 그의 빈껍데기를 알아보지 못하고 처음에는 치켜세워 주었다. 역시나 그 사람의 진짜 깊이를 알기 위해서는 오래 만나보아야 한다는 말이 틀린 말이 아니었다.

최근 그를 다시 만났는데도 크게 달라지지 않았음을 느꼈다. 막상 듣는 우리는 그다지 기분이 유쾌하지 않은데, 뭐가 그리 즐거운지 혼자 노상 벙글거리며 이야기했다. 그렇다고 여태 주위에서 진심 어린 조언을 안 해본 것도 아니다. 그때마다 귀담아들으려 하지 않고 불쾌해하니 어쩔 방도가 없었다. 서로 소통이 잘 이루어져야 만남의 의미가 있지, 일방적으로 상대의 이야기를 듣기만 하니 관객이 된 것 같았다. 극장에서 영화를 보다가도 지루하면 나가버리는 것처럼, 분명 엔딩 크레딧이 올라오기도 전에 주변 사람은 다 떠나고 없을 테다. 문제의 심각성을 본인이 먼저 인지하지 못한다면 홀로 외로이 남게 되는 건 시간문제다.

지나친 열등감을 감추고 싶은 것인지, 아니면 반대로 우월의식인지 알 수 없으나, 현시욕이 지나쳐서는 안 된다. 사실 우리는 매번 타인의 자랑거릴 들어줄 만큼 관대하지 못하다. 도리어 반감만 유발할 뿐이다. 진정 자신이 인정받길 원한다면 그만큼 타인을 존중하고 겸손해야 한다.

소크라테스는 상대와 대화를 할 때 자신이 무지하다는 전제하에 문답법을 썼다. 특히 아는 척을 하거나 지식을 과시하는 상대에게는 무지몽매함을 일깨워 주어 자각하도록 했다. 이를 오늘날 '소크라테스의 아이러니'라고 말하는데, 그의 제자들에게 진리 탐구를 위한 가르침을 줄 때도 마찬가지였다. 서양의 성인조차도 겸손이라는 덕목을 잃지 않았던 것이다.

벼는 익을수록 고개를 숙인다는 말처럼,
인생에서 많은 걸 이루어도 끝없이 부족하고,
또 잃을 수도 있기 마련이니,
항시 겸허한 마음가짐을 지닐 필요가 있다.

진심 어린 대화

*

간혹 나의 말을 도중에 끊어버리거나, 듣는 시늉만 하는 이가 있다. 심지어 내 앞에서 오랜 시간 통화를 하기도 한다. 급한 일이라면 당연히 이해해 줄 수 있지만, 막상 들어 보면 별로 중요하지 않은 이야기다. 적어도 누군가와 함께 할 때는 그 순간에 충실해지려 노력해야 할 텐데, 괜스레 소외감이 몰려온다. 또한 말할 틈도 주지 않고, 주저리주저리 자신의 이야기만 하는 이도 나를 적적하게 하긴 마찬가지다. 혹여 나도 그럴까 싶어, 대화하는 도중에 자꾸만 이 사실을 상기하게 된다.

무릇 대화란 마주하여 서로 이야기를 주고받는 것이 기본 원칙이다. 탈무드에서는 인간은 입이 하나고 귀가 둘이니, 말하기보다는 듣기를 두 배 더 하라며, 경청의 중요성을 강조했다. 그래서인지 대화를 나누는 일이 갈수록 어렵고 조심스럽다. 서로의 관계를 두텁게 할지, 멀어지게 할지를 결정하게 만드는 중요한 순간이라 더 그럴지도 모르겠다.

줄곧 말을 잘한다고 믿어온 친구가 있다. 영업을 천직이라 여겼지만, 막상 고객들을 만나면서 연거푸 고배를 마셨다. 떨어질 대로 떨어진 자신감에 악순환은 거듭되었다. 한번은 막막한 마음으로 메모장에 하고 싶은 말을 논리정연하게 적어 대본을 읽듯이 연습하고 갔다. 한데 이번에는 너무 상업적인 색이 강해, 전보다 더 퇴짜를 맞았다.

그렇게 얼마나 시간이 지났을까. 거듭된 실패 경험이 쌓이면서 나름의 노하우가 생겼다. 전보다 좋아진 실적에 친구는 뿌듯하면서도 한편으로는 씁쓸한 마음이 들었다.

언제부턴가 그에게 있어 대화란 살아가는 수단이 되어버렸다. 그래서일까. 가끔은 아무 생각 없이 주고받는 대화가 너무 그립다고 했다. 친구의 말에 공감이 갔다. 우리는 사회생활을 할수록 화법은 늘어가지만, 진심 어린 대화를 하기는 점차 힘들어진다. 목적과 방법만 있을 뿐, 진심이 담겨 있지 않기 때문이다.

나도 그립다.
친구들과 별생각 없이 대화를 주고받고도
정다울 수 있었던 그때가.

하늘에 별 따기

*

기회는 저 드넓은 은하수 위에 수놓은 듯 걸려 있는 별이 아니었다. 그저 잠깐 반짝이다가 떨어지는 유성이었다. 언제든 다시 올 것만 같았는데, 잡을 수 있는 순간은 그때뿐이었다. 그깟 자존심이 뭐가 그리 중요했을까. 신중함을 핑계로 재고 또 재다가 눈앞에서 놓쳐버리고 말았다. 어쩜 절실함이 그만큼 부족했는지도 모른다.

우연히 왔다가 묘연히 종적을 감추어 버리는 기회. 때로는 망설이지 않고 잡을 줄도 알아야 한다. 정작 간절할 때는 아무리 애타게 기다려 본들 좀체 나타나지를 않는다. 다시 찾아올지도 미지수라 잠자코 기다리고 있을 수만도 없는 노릇이다.

더 늦기 전에 놓쳐버린 기회를 다시 찾으러 나서야겠다.
남들이 뭐라 하든 말든, 좀 부끄러우면 어때.

인생은 한 번뿐이잖아.

욕망과 위험은 비례한다

⁎

남들보다 일찌감치 돈에 대해 관심이 많아 대학 생활을 병행하면서 전업투자자를 꿈꾼 적이 있었다. 처음에 수익이 난 것이 화근이었다. 아인슈타인도 극찬했던 복리의 마법에 매료되어 돈이 불어났을 때를 상상하다가 그만 욕망에 눈이 멀었다. 주식을 담보로 대출까지 받아 원금을 불리려 했지만, 결과는 깡통 계좌가 되었다.

멋모르던 그때는 사람들의 말에 쉽게 현혹되기 일쑤였다. 몇 배나 오를 거라는 소문에 휩쓸려 회사의 가치를 판단하지 않고서 일단 매수 버튼을 누르고 봤다. 무언가 홀린 것만 같았다. 정신을 차렸을 때는 이미 거금을 잃은 뒤였다.

'돈은 주조된 자유다.'

평생 빚에 시달렸던 도스토옙스키의 말이 가슴에 사뭇 다가왔다. 그제야 커져만 가는 욕망의 불씨를 큰 뚜껑으로 닫아버리고, 주식에 관한 공부를 하기 시작했다. 운이 좋게도 당장 이익보다 가치에 중점을 둔 장기투자로 원금은 회복했다. 아직도 투자하는 일에 관심이 많지만, 이전의 경험을 교훈으로 삼아 욕망에 눈이 멀지 않기 위해 노력 중이다.

실체 없는 욕망이 담긴 유혹은 나의 정신을 병들게 할 뿐이니, 언제든 감정을 다스려 사리를 분별해야 한다. 특히나 현시대에서는 달콤한 유혹일수록 한 번쯤은 의심을 해봐야 한다. 우리나라에서 한 해 발생하는 사기 건수만 해도 무려 10만 건이 넘는다고 한다. 갈수록 지능화되는 감언이설에 속아 피해를 보고 나서는 누구를 탓할 것인가. 어쨌든 그 선택을 한 사람은 결국 자신이다.

무슨 일이든 욕망이 지나치면

그만큼 위험이 따른다는 것을 항상 염두에 두고,

감정을 다스리는 일에 끊임없이 정진해야 한다.

감정의 온도

*

고대 그리스 시인 오비디우스는 시기심은 살아 있는 자에게서 자라다 죽을 때 멈춘다고 말했다. 어쩌면 질투도 인간 본연의 감정일지도 모른다. 대부분의 아이는 유아기에 한두 살 터울 동생이 태어나면 자연스레 질투를 느낀다. 먼저 태어난 아이가 부모에게 독차지해 온 사랑을 빼앗겼다는 상실감에 공격성을 띤 분노를 표출하는 것을 흔히 볼 수 있다. 평소에 안 하던 퇴행 행동을 보이거나 동생에게 짓궂은 장난을 치는 식이다.

성인이 되어가면서 그런 감정은 서서히 사라지지만, 완전히 없어지지는 않는다. 이성, 친구, 가족 관계, 그리고 사회생활을 비롯하여 어디서든 우리는 질투하는 자신을 쉽게 의식할 수 있다. 다만, 타인에게 그 감정이 드러나지 않기 위해 억누를 뿐이다. 외려 이런 불편한 진실을 외면하기보다는 마주하여 곧이곧대로 받아들이는 편이 좋지 않을까. 상대도 같은 기분일 테니, 그 마음을 헤아려 배려할 수 있다.

요즘은 기쁜 일이 생기더라도 무턱대고 말하지 않는다. 힘든 나날을 보내고 있는 이에게, 어찌 마음에서 우러나온 축하를 받을 수 있을까. 같이 시험을 준비하다가 먼저 합격했다고 자랑하는 것과 다를 바 없다. 자신을 챙기는 일도 힘들 터인데, 나의 기쁨은 도리어 거리감을 만들어 열등감에 시달리게 할 뿐이다. 슬픔에 잠겨 푸념을 늘어놓는 것도 조심스럽긴 마찬가지다. 일이 술술 잘 풀려 흡족한 삶을 보내는 이에게, 고단한 내 이야기를 꺼내어 본들 그 마음이 쉽게 덜어지지는 않는다. 나락에 빠져 매일 아등바등 허우적대는 기분을 겪어보지 않고서 어찌 나눌 수 있을까.

살아보니, 영국의 속담처럼 기쁨은 나누면 배가 되고 슬픔을 나눠도 반이 된다는 말이 항상 맞지는 않았다. 때로는 누군가에게 시샘을 받기도 하고, 치명적인 결핍을 알려주는 꼴이 되기도 했다. 진정한 희로애락을 나누기 위해서는 서로의 처지가 비등해야 한다. 동시에 시험에 합격하면 겹경사이고, 낙방하면 위안이 되는 것도 같은 맥락이다. 추운 겨울 눈보라가 휘몰아치는 설원에서 사경을 헤매는 이에게 싱그러운 봄꽃을 건네준들 그다지 달갑지 않은 것처럼, 같은 계절에 있는 사람과 함께하는 편이 도리어 더 마음을 잘 나눌 수 있다.

나이가 들수록 나의 주변 사람들도 차츰 감정의 온도가 비스름해진다. 무엇이 우리를 물들게 했는지는 모르나, 나쁘지만은 않다. 그만큼 깊은 감정을 공유할 수 있는 사이라는 뜻이기도 하니까.

호접몽

*

새하얀 날개를 펼쳐 망막한 대지를 누볐다.

몰아의 황홀감이 너무 선명하여

이 꿈결 같은 순간이 영원할 것만 같았다.

그 순간 거짓말처럼 굉음을 내는 알람 소리가 들려온다.

삐빅 삐빅

젠장, 미몽이었다.

아니야, 지금이 꿈일지도.

절망도 사람을 변하게 한다

*

일말의 희망도 없는 불행을 마주했을 때

별것 아닌 평범함이 아늑한 꿈처럼 느껴질 때

이 드넓은 세상에 새삼 나 혼자인 기분이 들 때

지켜주고 싶은데 아무런 힘이 없는 자신을 인지할 때

지독한 절망의 끝에서 분노를 느낄 때 사람은 변한다.

삶은 결국 경험으로 완성된다

*

나는 언변이 그리 유창한 것도, 인간관계에 능한 사람도 아니다. 노상 부족함을 알기에 정진을 게을리하지 않건만, 여전히 생각과 마음을 표현하는 일이 서투르다. 진심이 제대로 전해지지 않아 누군가에게 상처를 주기도 하고, 그로 인해 나 역시 상처를 되받은 기억으로 그득하다. 앞으로도 잘할 수 있을 거라는 기대도 그다지 없다. 다만 아팠던 순간을 되풀이하고 싶지 않아 하루하루 반성하는 자세로 꾸준히 노력하고 있을 뿐이다.

언젠가부터 처세술과 화법에 관한 책이 쏟아져 나온다. 많은 사람이 삶이 달라질 수 있을지도 모른다는 기대를 품고 밑줄을 그어가며 정독한다. 책마다 중요한 페이지에 붙어 있는 포스트잇 플래그들이 제법 너덜너덜하다. 마치 내 마음을 대변해 주는 것 같아 괜스레 짠한 기분이 든다.

하지만 실상은 말처럼 쉽지 않다. 자신감을 가져보라 한들 쉽게 생기지는 않고, 사고 방식을 바꿔보라 한들 하루아침에 변하기는 어렵고, 노력하라 한들 현실은 다르고, 정작 필요한 순간에는 말문까지 막혀버린다. 어디까지나 찰나의 깨달음에 지나지 않을 뿐, 내게 맞지 않은 옷이 태반이다. 단편적으로 눈으로 보고, 귀로 듣고 익히는 데에는 한계에 부닥치기 마련이다. 그게 무엇이든 실제로 입어 봐야 맞는 옷인지 알 수 있다.

백문불여일견(百聞不如一見)이랬다. 백 번 듣는 것이 한 번 보는 것보다 못하다. 그러니 방법을 안다고 해서 다가 아니다. 노력을 통해 좀 더 현명해질 수 있으나, '나'라는 존재를 온전히 완성할 수는 없다. 유년기에 어른의 말을 백날 들어도 이해를 못 했듯이, 결국 몸소 경험을 통해 느끼고 깨달아야 원숙함이 농익을 수 있다.

꿈 바다

*

두 갈래의 길이 있었다. 하나는 온통 가시덩굴로 가득한 숲속이었고, 또 하나는 낭떠러지 밑으로 한없이 바다가 펼쳐져 있었다. 그 끝에 무엇이 있는지 알 수는 없었지만, 같은 자리에서 마냥 서 있을 수만은 없었다. 어디론가 가야만 했다. 그런데 왜인지 무거운 발걸음은 쉽게 떨어지지 않았다. 시간이 흐르면 흐를수록 점점 더 초조해져만 갔다. 이대로는 안 될 것만 같았다. 두려움을 무릅쓰고 바로 길을 정하기로 했다.

수심이 깊은 바다도, 가시넝쿨로 가득한 숲속도, 모두 무섭긴 마찬가지였다. 그나마 덜 무서운 쪽을 택하라면 당연히 지면이 보이는 숲속이었다. 용기를 내어 우거진 수풀을

요리조리 헤치고 나아갔다. 얼마나 시간이 흘렀을까. 뾰족한 가시가 계속 살갗을 파고들어 고통이 스며 들어왔다. 어느새 온몸은 상처투성이가 되었고, 옷은 피로 얼룩져 있었다.

그렇게 모든 것을 단념하고 싶은 찰나였다. 문득 고개를 돌려보니 누군가가 만들어 놓은 길이 보였다. 제아무리 무성한 풀숲도 첫발을 내딛기가 힘들지, 여럿이 지나가다 보면 하나의 길이 만들어져 있다. 들뜬 마음에 발걸음을 옮겼다. 한데 이번에는 시뿌연 안개가 몰려와 같은 자리를 계속 맴도는 링반데룽에 빠지고 말았다. 몸도, 정신도 같은 공간에 갇혀 그야말로 공황 상태가 되어버렸다.

또다시 한계를 마주했다. 이번에도 자포자기 심정으로 주저앉았다. 그때였다. 안개 너머로 파도 소리가 미세하게 들려왔다. 더는 버틸 수 있을 힘이 없었기에 그 소리를 따라가자, 눈앞에는 낭떠러지가 펼쳐져 있었다. 처음 출발했던 그곳이었다. 무언가에 홀린 듯 혼자 중얼거리기 시작했다.

숲속이라는 현실은 나에게

너무 잔인해서 버틸 수가 없어.

차라리 바다에 뛰어들래.

지칠 때까지 헤엄쳐 보는 거야.

그 끝이 생각보다 가까울 수도 있잖아.

뭐, 멀어도 상관없어.

가다가 지쳐서 끝나버릴지라도

더는 방법이 없으니까.

눈물 달

☆

아슴푸레한 가로등 불빛 사이로 떠오른 달이 눈물 때문인지 빗물 때문인지 희미하게 보였지만 흐릿하게 반짝이는 달빛이 너무 슬퍼 차마 마주할 수 없었다.

무심코 건드려지는 상처

*

마음에도 지진이 온다. 진앙이 어디쯤인지, 진도가 얼마나 될지는 미리 헤아려 짐작할 수는 없다. 온몸으로 겪고 나서야 비로소 그 지점과 세기를 알게 된다. 그중에서도 유난히 강렬한 지진은 깊은 잔상을 남긴다. 또 올지도 모른다는 두려움에 연관된 말만 들어도 당시의 감정이 선명하게 떠올라 가슴이 저릿해진다. 일종의 트라우마다. 살짝 닿기만 해도 아픈 기억이라, 다시는 마주하고 싶지 않아 꽁꽁 싸매어 가슴 깊숙이 넣어두게 된다.

간혹 아무 생각 없이 그 상처를 들추는 이가 있다. 떠올리고 싶지 않은 기억에 관한 이야기를 듣는 날이면, 싸매어 두었던 아픔의 보따리가 스르르 풀린다. 본의 아니게 그때의 아픈 상처를 다시 곱씹어야 한다. 그건 마치 못이 박힌 상태로 시간이 흘러 통증이 가라앉은 가슴에 또다시 망치로 쾅 하고 내리치는 격이다.

몇 해 전, 친구에게서 듣고 싶지 않은 소식을 들었다. 그 자리에서는 태연하게 다 지난날이라 웃어넘겼지만, 사람 마음이 생각처럼 그렇게 쉽지가 않다. 그날 밤 떠올리기 싫었던 기억과 감정이 되살아나 좀체 잠을 이룰 수 없었다. 그제야 나도 지난날을 되돌아보며 무심결에 꺼낸 말에 혹여나 누군가에게 상처를 줬던 것은 아니었는지 반성하게 되었다.

그때껏 상대가 대수롭지 않게 여긴다고 하여, 별다른 생각 없이 지난 이야기를 화젯거리 삼아 꺼낸 적이 많았다. 그 사람의 마음이 찢어지는 줄도 모르고 사람들과 함께 입방아를 찧어댔다. 상대방의 입장이 되어보고 나서야 알 수 있었다.

구태여 서로의 지난 상처를 들추는 일은

하지 않는 게 낫다는 것과

상대방을 배려하는 침묵이 필요하다는 것을.

진짜 화를 내야할 때

*

어딜 가든 훌연히 고성이 오가는 광경을 접할 수 있다. 누가 더 음역이 높나 경연이라도 하는 건지, 내지르는 소리에 귀가 먹먹해진다. 만취한 상태로 비틀비틀 난동을 부리는 사람, 접촉 사고로 인해 상대의 과실이 더 크다며 우기는 사람까지, 일촉즉발의 상황이 끊이지 않는다. 옳지 않은 일에 목소리를 내야 할 터인데, 정작 이상한 곳에서 들려오니 참 아이러니하다.

우리의 일상에서도 분노를 쉬이 마주할 수 있다. 어릴 적부터 자신감을 가지고 목소리를 크게 내라는 가르침을 항시 받아왔던 탓일까. 낮은 톤으로 말할 때는 씨알도 안 먹히다가 화를 내면 그제야 알아주는 경우가 많아, 문제

해결을 위해서는 강하게 표현해야 효과적이라 학습하게 된다. 그 결과 분노 조절 장애 환자의 수는 해마다 늘어만 가고, 우리의 목소리는 좀처럼 낮아지지 않는다.

나는 무작정 언성만 높이는 사람을 좋아하지 않는다. 상황이 불리하다 싶으면 목의 핏대를 세워 버럭 고함을 지르며 상대를 뭉개려고만 한다. 그는 자신이 이겼다고 착각할지도 모르지만, 정작 나는 별로 엮이고 싶지 않아 피하게 되는 경우가 많다. 똥이 무서워 피하는 게 아니라 더러워서 피하는 것이다. 가뜩이나 그런 소리들로 인해 귀가 먹먹한 상태인데.

다짜고짜 공격적으로 달려드는 행동은 짐승과 다를 바 없다. 우리는 인간이기에 냉정하고 이성적으로 화를 다스릴 줄 알아야 한다. 화를 담을 수 있는 울화통이 풍선이라면, 펑 하고 터지기 전에 그 안에 담긴 울분을 조금씩 빼낼 시간이 필요하다. 우선 감정이 격해지기 전에 심호흡을 가다듬고, 정말 이 자리에서 화를 꼭 내야 할 것인지 다시

한 번 생각해 보자. 물론, 쉽지 않을 수도 있다. 서양에서 중용의 성인이라 불리는 아리스토텔레스도 적시적기에 올바르게 화를 내는 일은 어렵다고 말할 정도니까.

정작 목소리를 내야 할 곳은 따로 있다.
불의를 보았을 때다.
보고도 그대로 지나친다면
그건 정말 겁쟁이가 되어버린다.

이미 박혀버린 미운털

*

한창 무르익었던 감정이 누그러지는 것보다, 이미 박혀버린 미운털을 뽑아내는 일이 더 어렵다. 온통 검정으로 칠해버린 바탕을 희멀겋게라도 만들기 위해서는 얼마나 많은 하양을 덧칠해야 할까. 미루어 짐작할 수 없기에 쉽사리 엄두조차 나질 않는다. 비록 그런다 한들 미웠던 마음이 좋아질 수 있을지도 미지수다.

실상 어디를 가든 나를 싫어하는 사람은 늘 존재한다. 어지간해선 개의치 않으려 하지만, 사회라는 울타리 안에서 만남을 이어가야 하는 경우라면 이야기가 다르다. 우호 관계를 맺고 있는 여럿보다, 나를 적대시하는 한 명이 더 신경 쓰이기 마련이다. 어떤 때에는 잘했다는 칭찬 열 마디보다, 혐오가 담긴 한 마디가 더 깊이 가슴에 꽂혀 남아 있기도 한다.

참 우습게도 누군가를 싫어하는 이유가 항상 마땅하지만은 않다. 첫인상, 성향 차이, 시기와 질투, 근거 없는 오해와 같은 시답지 않은 것들이 태반이다. 과히 당혹하여 아연함을 감출 수 없다. 만일 상대가 그러한 이유로 나를 미워하는 감정을 표출한다면, 그에 상응하는 감정을 되돌려 줄 수밖에 없다. 어떤 심정인지는 실지로 느껴봐야 알 수 있을뿐더러, 그저 가만히 받아주다가는 당하는 빈도만 늘어날 테다. 그럼에도 자신을 위해, 세상을 살아가기 위해, 선을 넘지는 말아야 한다.

이미 박힌 미운털을 억지로 뽑기 위해
내 마음을 갉아먹으면서까지
나를 소모할 필요는 없다.

거짓말의 중량

*

일각에서는 거짓말이 험난한 세상에서 살아남기 위한 생존 본능이라고 한다. 전쟁 통에서는 술책을 꾸며 극적으로 위기를 모면했고, 오늘날 사회에서는 유대관계를 유지해주는 수단이기도 하다. 윗사람의 비위를 맞추기 위해, 친구와 갈등을 피하고자, 혹은 무의식적으로 자신을 보호하기까지, 수많은 거짓말이 오간다. 심지어 동물들도 외부의 위협으로부터 자신을 보호하기 위해 속임수를 쓴다고 한다.

만일 누군가가 거짓말을 해본 적이 없다고 말한다면, 그 말조차 거짓말일 가능성이 크다. 어찌 보면 우리는 모두 피노키오다. 의식적이든 무의식적이든 거짓말을 해보지 않았던 사람은 없다. 동화에 나오는 것처럼 실제로 코가 길어지지는 않지만, 마음의 중량은 무거워진다. 그 하중을 얼마나 버틸 수 있을지 제각기 다를 뿐이다.

대개 사람들은 옳고 그름을 떠나, 자신에게 득이 되는 거짓말을 한다. 그 말을 지키기 위해 궁여지책으로 위기를 모면할수록 눈덩이처럼 불어나 허점이 생긴다. 후에 속은 이가 그 사실을 인지 했을 때, 두 가지 선택을 할 수 있다. 이실직고할 것인지, 모르는 척을 할 것인지. 이때 후자가 더 슬프다. 그걸 말하는 순간 그간 쌓아 온 관계가 다 무너져버릴 것만 같아서다.

세상은 거짓투성이다. 오늘 하루에도 얼마나 많은 형태의 허언이 오갈까. 여태 내뱉은 말의 진정한 진실은 오로지 자신만이 알고 있을 뿐이다. 병적인 거짓말이 아닌 이상, 내가 인지한 거짓말은 그 무게를 평생 짊어지고 살아야 한다.

깨지지 않는 마음은 없다

*

폐업한 가게의 철거 작업을 도왔다. 일이 꽤 진행되었을 무렵, 폐유리를 한쪽 모퉁이에 모았다. 그중 강화유리는 마치 대리석과 흡사하여 딴딴하고 무거웠다. 절대 깨지지 않을 것처럼 보였다. 하지만 찰나의 실수로 바닥에 떨어뜨리자, 설탕 가루처럼 산산조각이 났다. 불현듯 사람의 마음도 유리와 같다는 생각이 들었다. 제아무리 강해도 깨지지 않는 유리는 없어서다.

우리는 마주하는 상대 앞에 유리 벽을 하나씩 만들어두고 있다. 얼마나 견고할지는 저마다 다르다. 벽이 약한 사람은 스치듯 건네는 가벼운 말에도 충격을 받아 금이 가기 쉽다. 그 상처를 되돌릴 방법은 시간을 역행하는 것뿐이라 사실상 치유가 어려운 셈이다.

살짝 금이 간 정도는 괜찮다며 그냥 버티기도 한다. 어쩔 땐 서서히 깨져가는 편이 다행일 때도 있다. 완전히 산산조각 나기 전에 피하면 되기 때문이다. 한데, 꼭 다 그렇지만은 않다. 유리가 너무 얇거나, 유리에 가해진 힘이 강하면 금이 가는 신호도 없이 그대로 깨질 수 있다.

나는 나름대로 견고한 강화유리에 가까웠다. 어지간해선 쉽게 금이 가지 않아 깨진다는 사실조차 잊고 지냈다. 그러던 어느 날, 엄청나게 강하게 가해진 힘에 유리가 악살박살 났다. 미처 마음의 준비를 하지 못한 탓에 너무도 허망해서 한참을 망연자실했다. 아름답게 반짝거리는 유릿가루를 어루만지다가 손을 베이고 나서야 아픔을 인지했다.

지평선 너머 펼쳐진 대양의 수심을 가늠할 수 없듯이, 마음의 유리가 얼마나 두꺼운지도 알 수가 없다. 때론 서로가 그런 두께를 미처 보지 못한 채, 그저 건넨 말에 관계가 단절되거나 상처를 받기도 한다. 화자의 마음이 어떻든 간에 받아들이는 입장에는 지극히 주관적일 수밖에 없다. 그나마 할 수 있는 최선의 노력은 상대에게 금이 갈 말을 미리 파악하여 피하는 것이다.

온기가 필요해

*

아늑한 내 방은 고된 삶의 유일한 안식처다. 이따금씩 따듯한 이불 안에서 무념에 빠져 적막에 잠긴다. 편안함에 취해 있다 보면 시간이 흘러간다는 사실마저 망각하게 된다. 그곳을 벗어나기 위해 지친 육신을 다시 일으키는 일은 정말로 힘겹다. 고독의 무게가 나를 짓누르고 잠식해야 가까스로 몸을 일으킬 수 있다.

이불 밖 세상은 갈수록 무섭다. 연일 사건 사고가 끊이지 않고, 사람들의 이목을 끌기 위한 자극적인 기사들로 가득하다. 분명 옛날과 크게 달라진 것은 없지만, 인터넷의 발달로 인해 알고 싶지도 않은 어두운 소식까지 쉽게 접하게 되었다. 그건 우리를 더 우울하고 분노케 만든다. 사실

하루에도 지구상에는 셀 수 없이 많은 일이 일어나기에, 사건 사고를 찾으려 하면 끝도 없다. 더구나 희소식은 잠시뿐이지만, 나쁜 소식은 참 길게만 느껴진다.

언제부터인가 사람들도 극단적으로 변해간다. 흑과 백, 보수와 진보와 같은 극명한 색채만 보인다. 상반되는 성향을 가진 편협한 이들이 서로 만나기라도 하는 날에는 끝없는 설전이 벌어진다. 그저 서로 깎아내리기에 바쁠 뿐, 합의점을 찾으려는 노력조차 시도하지 않는다. 자신과 반대라는 이유로 주적이 되는 것은 예삿일이다.

이런 경향은 익명성을 보장받는 온라인 공간에서 더욱 심각하다. 시기와 질투, 그리고 쌓인 분노를 댓글이라는 매개체에 담아 고스란히 표출한다. 그 비난의 칼날은 나날이 견고하고 날카로워져 간다. 때론 그 대상이 유명인이나 특정 대상이 되기도 한다. 축하받아야 할 일에도 온당한 이유 없이 인신공격을 서슴지 않으니 잔인하기까지 하다. 무심코 던진 비난의 화살이 언젠가 부메랑처럼 자신에게 돌아올지도 모르는데, 뭐 이리도 다들 분노에 차 있는지 모르겠다.

점점 차갑게 느껴지는 세상에 온기가 절실하다.
이불 속에서만 느낄 수 있는 나만의 온기가 아닌,
서로 나눌 수 있는 따스함이.

쌓아두지 말고 내뱉는 거야

*

가끔 동네에 있는 코인노래방에 가서 혼자 노래를 부르곤 한다. 무엇보다 타인의 시선을 신경 써야 할 필요가 없고, 그간 쌓인 응어리나 스트레스가 동시에 해소되는 기분이다. 딱히 가리는 장르는 없지만, 그중에서는 힙합을 가장 좋아한다. 감정의 깊이에 따라 운율을 달리하여 툭툭 내뱉는 맛이 일품이다. 간혹 흐르는 비트에 맞춰 작사를 하기도 하는데, 적는 재미도 쏠쏠하다.

처음 힙합에 관심을 가지기 시작한 계기는 학창 시절에 미국의 래퍼 투팍 샤커를 접하고부터다. 단순히 리듬이 좋아 흥얼거리기만 하다가, 문득 가사의 뜻이 궁금해 알아보았다. 놀랍게도 당시 사회에서 억압받던 흑인에 대한 부조리가 적나라하게 담겨 있었다. 순간 머리를 누가 한 대 쥐어박은 듯 신선한 충격이 밀려왔다. 그때부터 구슬픈 노래를 진정 마음으로 느끼기 시작했다. 그리고 지금도 선명하게 뇌리에 박혀 있는 그의 말이 떠오른다.

내가 하는 말이 나한테 문제가 생겨도 괜찮아
그것이 우리가 해야 하는 일이라면

누군가의 머릿속에 튕긴 작은 불꽃이
언젠가 세상을 바꿀 테니까

_투팍 샤커 (1971년 6월 16일- 1996년 9월 13일)

결점을 보듬어주는 일

*

두루두루 박식하다고 해서 타인보다 자신이 높은 수준이나 위치에 있다고 착각하는 사람들이 있다. 물론 풍부한 지식은 장점이 될 수 있다. 하지만 사람을 평가하는 유일한 잣대가 되어서는 안 된다. 모르는 것은 절대 부끄러운 일이 아닌데 왜 무지하다고 멸시를 하는 걸까. 설령 그렇다 한들 상대의 기분이 상하지 않게 알려주면 될 것을.

타인을 통해서 우월감을 느끼는 이는 노상 무시하는 일을 일삼는다. 겪어 보지도 않고서 상대의 경험을 별거 아니라 치부하거나, 작은 꼬투리라도 잡아서 모욕을 준다. 무식하다는 말을 듣고도 기분이 상하지 않을 사람이 있을까. 모멸감만큼 상대를 적대하게 되고, 때론 수모를 당한 기억이 트라우마로 남기도 한다. 급기야 이 말을 듣고 싶지 않아 일부러 아는 척을 한다.

이런 부류의 사람들을 마주해야 할 경우 나만의 대처 법이 하나 있다. 상대가 뭐라고 멸시하든 그저 한쪽 귀로 듣고 흘려버리는 것이다. 담아둬봤자 냉가슴만 앓게 될 뿐이다. 이전에 몇 번 장단을 맞춰준 적이 있었는데, 이내 후회가 밀려왔다. 무언가 마음이 정화되는 느낌이라도 온 것인지, 무시하는 빈도가 날개를 단 듯 더더욱 늘어났다. 끝내 참지 못한 나는 목소리를 낼 수밖에 없었다. 그럼에도 불구하고 개선의 여지가 엿보이지 않으면 조금씩 거리를 둘 수밖에 없다. 황금보다 귀한 시간에 구태여 그런 이들과 어울릴 필요는 없으니.

요즘 같은 시대에선 제아무리 똑똑하다고 생색내봤자 오십보백보다. 굳이 누군가에게 물어보지 않아도 인터넷을 통해 필요한 정보를 얻을 수 있다. 속도의 차이는 있을지 모르지만 결국 피차 비슷하다.

누구나 자신을 존중해주는 사람과 함께하고 싶다. 지속적으로 상대를 무시하는 일은 관계의 단절을 초래할 뿐이다. 사회관계뿐만 아니라 가까운 사이일수록 더 조심해야 한다. 편한 사이라 해서 절대로 막 해도 되는 사이는 아니니까. 어쩌면 가장 필요한 건 상대의 결점을 포근하게 보듬어주는 일일지 모른다.

아이에게 스미는 어른의 말

*

체육관 관장을 하는 친구가 있어 간만에 얼굴이나 볼 겸 해서 도장에 들렀다. 때마침 아이들과 학부모가 함께하는 공개 수업이 막바지에 이르고 있었다. 혹시나 방해될까 싶어서 멀찍이서 지켜보았는데, 수업이 끝날 무렵 친구의 맺음말이 인상적이었다.

"제가 사는 삶이 아이들의 삶이라 생각하기에 더 멋지고 바르게 살려고 노력합니다. 그래야 우리 아이들에게 저의 행동이 묻어나기 때문이죠."

보이지 않는 곳에서도 아이들에게 참된 스승이 되기 위해 밤낮으로 노력하는 모습을 알기에 더 감정이 와닿았다.

일전에 들은 그의 교육 방침은 잘못은 쌂게 타일러주되, 칭찬은 아낌없이 듬뿍 주는 것이다. 아직 사리를 분별하기 어려운 아이에게 너무 야단만 치면, 자칫 반감을 품게 되어 부정적인 모습으로 변할 수도 있다.

한 번은 인사성이 부족한 아이에게, 반대로 인사를 잘한다고 추어올려 주었다. 물론 모두가 다 그렇지는 않겠지만, 그 아이는 놀랍게도 실제로 인사를 잘하려고 노력했다고 한다. 관심 어린 작은 말한 한마디가 아이에게 스며들어 올바른 방향으로 성장하게 한 것이다.

식물이 싹을 틔우고 광합성을 통해 자라나기 위해서 햇볕이 필요하듯, 아이에게도 양분이 필요하다. 자고로 부모와 스승은 아이에게 그런 역할을 해주어야 한다. 나는 유년기에 악동이라 불리었기에 왠지 더 공감이 간다. 그때는 매사 불만으로 가득 차 있었다. 어디론가 표출할 곳이 필요해서 어른에게 대들거나, 친구들을 괴롭히기 일쑤였다. 나날이 안 좋은 인식만 쌓여 악순환의 연속이었다. 지금에

와서 생각해 보면 '저 애가 왜 저러지?'하는 사소한 관심이 필요했던 것 같다. 다들 꾸짖고 야단치기만 할 뿐, 마음을 헤아려주는 이는 별로 없었다.

이따금 어른인 척을 해야 하는 일에 염증을 많이 느끼곤 했지만, 아이들 앞에서는 어른이 되려고 한다. 나의 사소한 행동 하나하나가 미치는 영향이 지대한 것을 이제는 알기 때문이다.

쌓이는 관계

*

애써 계속 져주는 일이 꼭 좋은 것만은 아니다. 도리어 고마움을 망각하기에 십상이다. 많은 관계에서 이런 일이 흔히 벌어지니, 뭐든지 적당함이 필요하다. 만일 내가 마음을 써서 베푸는 호의를 상대방이 인지상정으로 당연하게 여기고 있다면, 그 관계는 분명 문제가 있다.

우리의 마음은 마치 활화산과 같다. 억누른 화는 높은 열을 발생시켜 마그마를 쌓아 올린다. 사람마다 분화구의 위치는 다르겠지만, 언젠가 용암이 넘쳐흐르기라도 하는 날에는 거대한 폭발이 일어날지도 모른다. 평상시 차분하던 사람이 화를 낼 때 더 무서운 것처럼, 쌓인 감정을 단번에 터뜨리는 일은 관계를 파국으로 몰고 갈 수도 있다.

그러니 그때그때 솔직히 자신의 생각이나 감정을 표현하면서 마그마를 조금씩 배출하는 편이 낫다.

학창시절부터 가깝게 지내는 죽마고우가 있다. 워낙 함께한 기간이 길다 보니 가족처럼 느껴질 때도 많다. 서로 마음속에 응어리를 만드는 편이 아니다 보니, 티격태격 불만을 다 말해야 직성이 풀린다. 성향이 다르기에 크고 작은 불만들이 많은 건지도 모르겠다. 그럼에도 불구하고 우리의 관계를 오랫동안 끈끈하게 유지해 주는 건, 다름 아닌 숱한 세월을 함께해온 의리다.

쌓아두지 않고서 말한다고 해서
멀어질 사이였다면,
진작 멀어졌을 테니까.

말에도 영양소가 있다

*

몸에 좋은 약이 쓴 것처럼, 충언역이(忠言逆耳)라 하여 충직하고 바른말도 귀에 거슬려 듣기 싫다. 이 대목에서 삼국지에 나오는 인물 원소가 떠오른다. 한때 그는 천하를 주도할 재목이라 불릴 정도로 위세를 떨쳤지만, 조조와의 관도 대전에 패해 역사의 뒤안길로 사라졌다. 수적 우위에 있었음에도 불구하고, 신화의 간곡한 충언을 듣지 않은 것이 패망의 가장 큰 원인이었다.

지인의 충고도 한쪽 귀로 듣고 흘릴 것이 아니라, 조금은 마음에 새겨볼 필요가 있다. 먹고 싶은 음식만 골라 먹는 편식처럼, 듣고 싶은 말만 골라서 듣는다면 그 순간은 편하다. 하지만 나중에는 영양이 결핍되어 문제가 생길 수 있다. 말도 음식처럼 각기 다른 맛과 영양소를 지니고 있다. 좋은 말이 비타민이라 치면, 뼈아픈 충고는 칼슘이나 무기질 같은 역할을 한다. 좀 더 성숙한 삶을 살기 위해서는 일단 말도 골고루 들어봐야 한다.

"향기가 있는 꽃은 가시 돋친 나무에 핀다."는 속담이 있다. 진한 향이 풍기는 매혹적인 장미 같은 말은 듣기만 해도 기분이 좋아진다. 그러나 이에 흠뻑 취한 나머지 가시에 찔려 피가 날 수도 있다. 반면, 가슴을 콕콕 찌르는 날카로운 칼날 같은 말이 어떤 때에는 오히려 나를 위한 보약이 되기도 한다.

어떤 말이 나에게 좋은 말인지 그 기준은 모호하다. 다만 그 말이 진심에서 우러나왔다면, 일단 귀를 열어 들어본 뒤에 수용할지 판단하면 된다. 귀를 닫으면 그 순간부터 자신의 세상에 갇혀 버리기 때문이다.

반대의 삶

*

혈기 왕성했던 20대 초반, 밤새 술을 퍼마시고 후쿠오카 텐진에서 집으로 가는 급행열차에 몸을 실었다. 피곤한 데다 술에 취한 나는 자리에 앉자마자 기절한 듯 잠들어버렸다. 종착역에 다다르자 역무원이 다가와 나를 깨웠다. 가까스로 몽롱한 정신을 가다듬어 몸을 일으켜 세웠다. 간단히 고맙다는 인사말을 건네고, 역무실로 가서 네 배가 넘는 추가 요금을 지불했다. 내려야 할 곳을 지나쳐 두 시간이나 더 달렸던 것이다.

기차역을 나서자 맑은 하늘에 가랑비가 보슬보슬 내리고 있었다. 이게 꿈인지 생시인지 분간이 되지 않아, 졸린 눈을 비비고 다시 한 번 하늘을 쳐다보았다. 잘못 본 것이 아니었다. 묘했다. 현실과 꿈의 경계가 있기는 한 걸까. 온전히 깨어있지 않은 현실은 도리어 꿈만 같았다.

돌아가는 티켓을 사는 것을 미루고, 근처 편의점에 들러 삼각김밥 하나를 샀다. 텅 빈 속에 들어가는 삼각김밥 한 입은 온몸을 전율케 할 정도로 맛있었다. 눈 깜짝할 사이에 뚝딱 해치우고, 나는 정처 없이 걷기 시작했다.

삼삼오오 모여 등교하는 아이들, 출근 시간에 맞춰 역으로 향하는 직장인들, 저마다의 하루를 보내기 위해 모두가 동분서주 움직이고 있었다. 왠지 나는 이 낯선 풍경 속에서 어울리지 않는 것만 같았다. 그들과 달리 어떠한 목적도 없이 오로지 걷고 있을 뿐이었으니까.

대신에 그들이 미처 보지 못했던 것을 볼 수 있었다. 개울가 옆에 옹기종기 핀 수국은 나의 발걸음을 멈추게 했다. 한동안 빗방울이 잎사귀 끝자락에 맺혀 떨어지는 모습을 가만히 지켜보았다. 너무나도 청아했다. 도리어 하늘이

맑았기에 더 그렇게 보였는지도 모르겠다.

그곳을 한참 돌아다니다가 해가 저물 즈음에서야 기차역으로 돌아갔다. 아침에 출발했던 이들이 돌아오고 있을 즈음이었다. 만감이 교차했다. 단 하루였지만, 매일을 똑같이 살아온 일주일보다 더 특별했다. 예기치 않게 도착한 낯선 곳에서 좋은 기억과 기운을 잔뜩 선물 받았다. 문득 한 번쯤은 모두와 반대로 살아보는 것도 나쁘지 않다는 생각이 들었다.

길은 하나만 있는 것이 아니다.

위로가 필요해

*

다사다난했던 한 해가 어김없이 지나간다. 과정이 어땠건 간에 새해라는 핑계로 자신을 위로하며 여명을 맞이한다. 어느덧 내 나이만큼 해를 맞이했다. 예전에는 거창하게 일년지계를 세웠는데, 그리 크게 변하지 않는 현실에 자꾸만 무뎌진다. 마음은 편안하지만, 또 한편으로는 착잡하다.

아, 고통과 슬픔으로 이루어진 병의 증세는 갈수록 악화되어만 간다. 부심한 마음을 진정시키기 위해서는 위로라는 약이 절실하다. 표면적으로는 자신의 통증을 담담하게 말하지만, 정말 괜찮지는 않다. 쉬이 여기는 척할 뿐이다. 신세타령도 지친다. 진심이든 아니든 똑같은 위로의 말을 들어야 하니, 도리어 그게 더 무의미하게 다가온다. 이전에는 나를 위한 말 한마디에 기운을 차릴 수 있었지만, 이제는 어지간한 약으로는 아예 듣질 않는다.

그럼에도 불구하고 위로하고 받는 일을 관둘 수가 없다. 때론 무심코 건넨 한마디가 사람을 살리기도 하니까. 그래서일까. 요즘은 유독 어디를 가든 위안으로 삼을 만한 응원 글귀가 덕지덕지 붙어 있다. 나도 마음이 심란할 때, 언뜻 본 글귀에 눈시울이 붉어져 한참을 바라보았던 적이 있다. 괜찮다는 내용이 담긴 문장이 내 마음을 울렸다. 글의 힘이 얼마나 큰지를 몸소 실감한 일이었다.

아무리 힘들어도 우리의 삶은 계속된다. 좀 더 모두 마음의 여유가 있었다면 이렇게 많은 위로가 필요하지도 않을 텐데. 간혹 버티는 삶을 만든 세상이 야속하게 느껴질 때도 있다. 그래도 절망에 빠져 나를 잃지 않기 위해, 온갖 사념을 떨쳐내기 위해, 살아갈 힘을 얻기 위해서는 위로가 필요하다.

그게 어떤 방법이든

자신의 마음에 생기를

불어넣을 수만 있다면 상관없다.

여행이 나에게 주지 못하는 것

*

스무 살이 되고부터 타국에서 4년을 살았다. 한국에 돌아와서도 각기 다른 지역으로 여섯 번이나 이사를 했다. 새로운 곳을 마주하는 기분은 언제나 여행지에 온 느낌과 비슷하다. 처음에는 낯선 풍경과 익숙지 않은 길을 하나하나 알아가는 재미가 있지만, 두어 달 뒤에는 언제 그랬냐는 듯 일상이 되어 무신경해진다. 한번씩 고향 친구들이 나를 보러올 때마다 빠지지 않고 들었던 말이 하나 있다.

"너는 여기에 살아서 좋겠다."

하지만 정작 나는, 내가 있는 곳이 어디든 크게 차이가 없었다. 사람이 제각기 성격이 다르듯, 도시도 고유한

특색과 매력이 있다. 그 지역의 유명한 맛집을 찾아가는 일을 비롯하여, 새로운 문화적 경험이 쌓이다 보면 자연스레 그곳의 정서에 동화되어 간다. 폐쇄적인 곳이 아니라면, 사람이 모여 사는 곳은 별반 다르지 않다고 느꼈다. 그래서인지 시간이 흐르고 나면 나에겐 어디든 비슷했다.

다만 긴 시간 동안 살았던 곳과의 이별은 늘 아쉬웠다. 무엇보다 함께 지내온 사람들과 기약 없는 만남을 약속하고 떠나야 하는 일이 힘들었다. 영화에 나오는 공항에서의 헤어짐처럼 낭만적이지 못하다. 어떤 때에는 뒤돌아보면 너무 슬플 것 같아서 밀려오는 감정을 꾹 누르고서 인사를 뒤로한 채 무거운 발걸음을 옮긴 적도 있었다.

어쩌면 여행의 가장 큰 매력은 한곳에 오랫동안 머물지 않는 것이 아닐까 싶다. 어디든 짧게 머물면 좋아 보일 수 있다. 하지만 지긋지긋한 현실을 피하고 싶어 떠난 여행이라면 다시 돌아왔을 때 공허함은 배가 된다. 헤밍웨이는 세상 어디를 가든 자신으로부터 벗어날 수 없다고 했다.

그곳이 어디든 간에 자기 자신과 마주하는 일은 피할 수 없는 것이다.

흔히들 우리의 삶 자체가 언젠가 떠나야 하는 긴 여행에 비유하곤 한다. 크게 보면 지금 살고 있는 이곳 또한 하나의 여행지일 수도 있다. 세상을 방방곡곡 탐방하기 전에 자신이 사는 곳의 가치를 조금이라도 더 알아가는 일이 우선이 아닐까.

적당히 애정 어린 취향

*

내 삶의 온도가 뜨겁지도, 차갑지도 않고 딱 미지근했으면 좋겠다. 타들어 가는 고통도, 얼어서 부풀어 오르는 아픔도 피하고만 싶다. 인제는 그냥 적당할 정도로 딱 중간이 좋다. 맛도 마찬가지다. 지나치게 자극적이거나, 무미하지 않고 본연의 식자재 맛이 살아있는 구미가 당기는 음식이 좋다.

내 삶이 넘쳐흐를 듯이 충만하지도, 기댈 곳이 벽밖에 없을 정도로 너무 외롭지 않았으면 좋겠다. 에너지가 넘쳐흘러 주체하지 못하는 사람보다는 편안함을 주는 이들이 좋다. 정열적인 빨간색보다는 안온한 녹색이 좋다.

근래에 들어 식물을 키우는 재미가 쏠쏠하다. 제각기 지어놓은 이름을 화분마다 작게 적어 붙여놓았다. 뭐 그렇다고 해서 각별히 애정을 주는 것은 아니다. 무심한 듯 신경도 안 쓰다가 어쩌다 한 번씩 마음속으로 이름을 불러주며 상태를 체크한다. 그럼에도 다행히 잘 자란다. 얼마 전에는 화분이 작아 보여서 분갈이를 했는데, 제법 뿌듯했다. 소소하지만 애정을 기울일 수 있는 무언가가 있다는 것은 메마른 하루를 조금은 적실 수 있다.

내 삶에서 열정적이지는 않더라도 꾸준히 응원할 수 있는 것들이 있었으면 좋겠다. 지금껏 그 기간이 가장 긴 두 가지는 영국의 프리미어리그 축구팀 첼시와 미국의 가수 마룬5다. 버킷리스트로 직접 구장에 가는 것과 내한 공연을 보는 것을 꼽았었는데, 모두 이루었다. 그래서인지 이전만큼 열정적이진 않지만, 여전히 관심을 기울이고 있다.

나는 이런 나의 취향을 존중하며, 그만큼 타인의 취향도 존중하려 한다. 사실 취향이라는 것은 언제든 변할 수 있다.

하지만 보편적인 삶 속에 우리는 개별성을 지닌다. 시대의 변화에 따라 유행이 달라져도, 발끝부터 머리까지 자신과 똑같은 옷을 입고 있는 사람은 없는 것처럼, 비슷하게 보이지만 제각기 다른 취향을 가진 우리다.

3장

마지막이 남기는 것들

슬픔보다 더한 슬픔

*

슬픔에도 정도와 깊이가 있다. 어떤 대상에게 단순히 동정을 느낄 때는 가벼이 눈물을 훔치지만, 나와 처지가 비슷해질수록 더 또렷한 감정에 몰입되어 동병상련을 느낀다. 그건 연민 그 이상이다. 자신이 겪었던 만큼 깊숙이 상대의 마음을 헤아릴 수 있으니까.

반면 무언가를 상실할 때 고통은 상상을 초월한다. 그 어떤 이별이든 아름답게 포장한들 실상은 야속하다 못해 참담하기까지 하다. 미처 마음의 준비를 하지 못한 채로 직면한다면 충격은 더 심하다. 꿈인지, 생시인지 분간이 안 가고, 믿고 싶지 않은 마음에 부정하고만 싶다. 그저 망연할 뿐이다. 뒤늦게 밀려오는 후회만큼 여러 형태의 슬픔이

새어 나온다. 어떤 때에는 눈물이 앞을 가려 온 세상이 젖어있는 것만 같다.

그러다 진짜 현실을 인지하는 순간, 오르락내리락 요동치는 감정 열차에 몸을 싣게 된다. 울다가, 웃다가, 멍하기를 계속 반복한다. 종착역은 어디인지 좀처럼 알 수가 없다. 그 애통함을 벗어나기란 여간 쉽지 않기 때문이다. 정말 오랜 시간을 달려야 무연히 감정에 무뎌지는 단계가 온다. 어떻게 보면 그때가 가장 깊이 있는 슬픔이다.

슬픔에 무뎌진다는 것만큼
슬픈 것은 없다.

진정한 용기

*

얼마 전 미국 작가 허먼 멜빌의 소설 〈모비딕〉을 다시 정독했다. 19세기 출판 당시만 해도 단순한 고래잡이 이야기라고 치부되어 크게 주목받지 못하다가, 사후에 재평가를 받아 지금은 명작의 반열에 올라와 있다. 내가 함정 근무를 하고 난 후라 그런지, 이전에 읽었을 때와 느낌이 사뭇 달랐다. 멜빌의 글에 담긴 마음과 철학이 더 깊게 다가왔다. 그중에서 유독 몇 번이고 곱씹게 되는 구절이 하나 있었다.

"고래를 무서워하지 않는 이는 절대 배를 태우지 않는다."
"진정한 용기란 눈앞의 위험을 인지하고 나서 생기는 것이다. 두려움을 모르는 이는 겁쟁이보다 더 위험하다."

무슨 일이든 용기가 앞서야 한다고 생각했던 지난날이 떠올랐다. 구태여 그런 기운을 북돋아 주는 것들만 찾았다. 다행히도 멀지 않은 곳에 있었다. 어느 순간 기백으로 똘똘 뭉쳐 내 안에 있던 겁은 사라졌다. 한데 그 용기로 인해 많은 것을 잃고 아파하게 되었다. 환상에 사로잡혀 내가 나를 제대로 인지 못 한 탓이었다. 지나고 보니 애초부터 감당할 수 있는 크기가 아니었던 것들이었다. 책임지지 못한 막연한 용기는 결국 만용에 지나지 않았다.

진정한 용기는 이 두려움을 인정하고, 주저하면서도 한 발을 내딛는 것에서 비롯된다. 멜빌의 말처럼 고래의 위험을 알면서도 배를 타는 것이 용기다. 사실 난 요즘 덜컥 겁부터 난다. 하지만 언젠가 그걸 깨부수고 내가 책임질 수 있는 진정한 용기를 가질 수 있는 순간이 오길 바라본다.

때론 아픈 선택을 해야만 한다

*

영화 〈시네마 천국〉에서 노인 알프레도가 청년 토토에게 들려준 이야기가 아직도 선명하게 기억난다.

"토토야, 일개 왕궁의 병사가 신분 차이로 인해 감히 넘볼 수 없음에도 불구하고, 공주에게 사랑에 빠져 진심으로 고백했단다. 깊이 감동한 그녀는 그가 100일 동안 발코니 밑에서 기다려만 준다면, 기꺼이 결혼하겠다고 말했어. 그는 망설임 없이 발코니 밑으로 들어갔단다. 비가 내려도, 바람이 불어도, 눈이 와도 꿈쩍하지 않았어. 새가 그에게 똥을 싸도, 벌이 쏘아도 아랑곳하지 않았단다. 기어코 그는 전신이 마비되고 탈진하는 지경에 이르렀어. 그럼에도 버티고 또 버텼지. 그렇게 99일째 밤이 찾아왔어.

하지만 그는 무슨 영문인지 일어나 밖으로 도망가 버렸단다. 단 하루만 더 참으면 되는데 말이야."

"마지막 밤에요?"

"이유는 나도 모르니 묻지 마렴. 혹시 나중에라도 이유를 알게 되면 나에게도 알려주겠니."

알프레도가 죽고 나서, 오랜 세월이 흐른 뒤에야 토토는 병사의 심정을 조금은 이해하게 되었다. 만약 100번째 되는 날 공주가 약속을 어긴다면, 병사는 가슴이 찢어질 듯 슬퍼서 견딜 수 없었을 것이다. 차라리 마지막 밤에 떠나는 쪽을 택함으로써, 공주는 영원히 그를 기억할지도 모른다.

내가 이 영화를 처음 본 나이도 청년 토토와 비슷할 즈음이었다. 그 당시만 해도 알프레도의 이야기에 반신반의했다. 결과가 어찌 될지도 모르는데 부딪혀보지도 않고서

도망간 병사가 겁쟁이처럼 느껴졌다. 신성으로 공수를 사랑한다면 신분 따위는 초월할 수도 있다고 믿었다.

그때는 어렸던 걸까. 아니면 이제는 세상이라는 현실에 찌든 걸까. 지금의 나는 오랜 세월이 지난 토토와 비슷한 심정이다. 내가 만약 병사였더라도 똑같이 도망갔을 것 같다.

이제는 안다.

우리는 살아가면서

때론 마음 아픈 선택을 해야만 한다는 것을.

나를, 너를

그리고 서로를 위해서

그 이유가 무엇이든 간에

그 순간은 잔인하기 그지없다.

벗어날 수 없는 굴레

*

때는 초겨울, 고된 일과를 마치고 귀가하기 위해 차에 시동을 켰다. 이윽고 액셀을 밟고 출발하려는 찰나 어디선가 윙윙거리는 소리가 들려왔다. 반신반의한 마음으로 주위를 휘둘러보았다. 아니나 다를까 모기 한 마리가 힘없는 날갯짓을 하면서 나에게 다가오고 있었다. 추운 날씨에도 불구하고 아직 살아 있다는 것이 참 놀라울 따름이었다. 평소와 달리 차마 죽일 수가 없었다. 처절한 몸부림이 그때의 나와 너무 흡사하여 동질감이 들었다. 물론 그렇다 한들 피까지 내줄 수는 없었다. 훠이, 차장을 열어 바깥으로 내보내 주었다. 분명 추위를 버티다 못해 얼마 못 가 죽을 게 뻔했다.

모기는 암컷만 피를 빨아 먹는다. 이는 생존과 직결되는 것이 아니라, 알을 낳아 종족 번식을 하기 위해서다. 굳이 흡혈 활동을 하지 않아도 되는데, 죽음을 불사하고 달려드는 모기의 생이 나를 숙연케 한다. 유충일 때를 합하여 수명은 고작 두어 달 정도밖에 되지 않지만, 인간만큼이나 치열하게 살다 간다.

안타깝게도 이 또한 거스를 수 없는 숙명일지도 모른다. 태초부터 정해져 있는 삶은 굴레를 크게 벗어날 수가 없다. 그건 우리도 매한가지다. 초인이 아닌 이상 겸허히 받아들이는 편이 낫다. 그걸 깨부수려 할수록 한계에 부닥쳐 삶이 고달파지니까. 그저 그 안에서 내가 할 수 있을 만큼 최선을 다할 뿐이다.

밤을 비추는 달의 마음

*

태양은 자신을 의지하고 맴도는 행성들을 보살펴준다. 그중 하나인 지구에서 유독 손길을 절실히 기다리는 이들이 많다. 마음 같아서는 다잡아주고 싶은데, 둥그런 모양 때문에 빛을 반밖에 비추지 못했다. 궁여지책으로 지구를 일정한 속도로 자전시키니 두루두루 빛을 줄 수 있게 되었다.

오늘도 어김없이 낮과 밤이 반복된다. 태초의 시작이 언제였는지, 끝이 언제인지는 알 수 없다. 다만 우리는 덧없는 삶에 시간이라는 의미를 부여했다. 하루가 이틀이 되고, 한 달이 두 달이 되고, 일 년이 이 년이 된다. 한없이 무한한 이 시간의 끝은 누구도 답을 알지 못한다. 구태여 찾아보려 애써 봤자 머리만 아플 뿐이다. 그저 내가 헤아릴 수 있는 시간 안에서 살아가는 일이 고작이다.

때론 지구에서 태양을 마주할 시간을 기다리는 내 처지가 처량하게 느껴질 때도 있다. 차라리 태양에 살았으면 좋았을까 생각해 보지만, 아마 열을 이겨내지 못해 형체도 없이 녹아버렸을 테다. 암만 강한 척해도 타고난 나약함은 바꿀 수가 없는 것이 현실이다. 그럼에도 불행 중 다행인 일이 하나 있다. 우리가 맞이하는 밤이 완전히 어둡지는 않다는 것이다. 지구를 맴도는 달이 태양으로부터 빛을 받아 밤하늘에서 반짝인다. 비록 모양은 제각기 다를지라도, 어둠 속에서 조금이나마 위안을 받는다.

유독 그믐달이나, 초승달을 볼 때 마음이 가장 뭉클하다.
어떻게든 어두운 세상을 밝혀보려 발악하는 것만 같아서.

나만 꺾을 수 있는 의지

*

생각대로 잘 살아지지 않는다. 장밋빛 가득한 나날을 꿈꾸었건만, 삭막한 황야에서 자꾸만 길을 잃어가는 기분이다. 누가 그랬다. 우리의 삶은 할 수 없다는 것을 인정하는 과정의 연속이라고. 믿고 싶지 않았지만, 어찌 할 수 없는 현실 앞에 초조함은 나날이 더해만 갔다. 엇나가버린 오늘과 불안으로 뒤덮인 내일로 인해, 그간 믿음이 송두리째 무너져버려 이제는 간절하다 못해 절박할 지경이다.

그때였다. 황야에 터를 잡고 사는 사람들이 이리 오라며 나에게 손짓했다. 풍운이 찾아오지 않는 한, 어차피 이러나저러나 이곳을 벗어날 수 없으니, 길을 찾는 일을 그만 포기하라고. 충분히 일리가 있는 말이었다. 분명 여기에 정착해서 안주하는 삶이 마음은 평안할 테다. 한동안 기운이 빠져 서슴거리다가, 고심 끝에 다시 일어섰다.

정 안 되면 그만하면 된다.
하지만 누군가의 권유로 그만두기보다는
정말 내가 지쳤을 때 포기하고 싶다.

'이 길이 아니다.'
싶으면 뒤돌아보지 않고 떠나야 하고,

'내가 갈 길이다.'
싶으면 갈 길을 가면 되는 거다.

나의 의지는 아무도 꺾을 수가 없다.

진리를 넘어서

*

세상에는 완전한 진리가 없다. 수많은 세월 동안 참이라 믿어왔던 것들이 깨져온 역사가 그 증거다. 16세기, 지동설을 주장한 갈릴레오 갈릴레이는 낭설을 퍼뜨렸다는 빌미로 재판을 받았다. 그는 궁여지책으로 지구는 둥글지 않다는 거짓말을 하고 나서야 위기를 겨우 모면했다. 지금은 어떤가. 항해를 떠난 마젤란 일행이 지동설을 증명하고부터는 그 누구도 이를 의심하지 않는다. 한데 머나먼 미래에는 이 사실도 충분히 뒤바뀔 수 있는 여지가 있다. 결국 어떠한 것도 100퍼센트 옳다고 호언장담할 수는 없다.

갈릴레이는 누군가에게 우리는 어떠한 것도 가르칠 수는 없지만, 그 사람이 자기 안에서 무언가를 찾을 수 있도록 도와줄 수는 있다고 말했다. 구구절절 와닿았다. 지금껏 나는 습득을 목적으로 한 가르침만 받아왔다. 다른 답이 있을 거라는 가능성을 귀띔해 주는 사람도 없었기에 이를 믿어 의심치 않았다. 그래서인지 참 많은 생각이 들었다.

우리가 배워온 것들이 전부 진리는 아니다. 삶에 있어서는 그 어떠한 답도 정해져 있지 않다. 이 사실을 인지하는 순간부터는 수동적인 삶이 아닌, 능동적인 삶을 시작하는 첫걸음이 될 수 있다.

이중 잣대

*

이중 잣대는 모든 갈등의 주된 요인이다. 16세기 철학자 몽테뉴의 수상록에서 보았던 구절이 어렴풋이 떠오른다. 그는 개개인은 멸시하면서 집단을 존경하는 일은 정말 어리석기 짝이 없다고 말했는데, 지금도 별반 다를 바 없다.

공공의 이익을 위해 희생을 감수하라지만, 정작 우리 집 앞은 안 된다. 부단히 노력하여 스펙을 쌓고 입사 면접을 본들, 어떤 이는 낙하산을 타고 먼저 들어간다. 내 자식은 귀한데, 남의 자식은 귀한 줄 모른다. 누구는 되고, 누구는 안 된다. 타인에게는 엄격하면서 자신에게는 참 관대하다.

분명 전보다는 살기 좋아진 세상인데 사람들이 분노에 가득 찬 이유는 이 세상의 부조리를 너무 많이 알아버려서가 아닐까.

억강부약(抑强扶弱)

*

요즘 드라마는 주인공이 미천하다는 터무니없는 명목으로 가진 자에게 괴롭힘을 당하는 이야기로 가득하다. 우리는 남일 같지 않아 동질감을 느끼게 되는 주인공에게 더 깊게 감정을 이입하여 몰입하게 된다. 뉴스에서도 하루가 멀다고 연일 비슷한 소식들이 보도된다. 그만큼 우리 사회에 갑질이 만연하여 많은 이들이 고통에 시달리고 있는 것이다.

분명 직업에는 귀천이 없다고 했는데, 왜 어떤 이들은 늘 인격 모독과 폭언에 시달려야 하는 걸까. 가진 것이 없고, 사회에서 지위가 낮다고 해서 인간의 존엄성마저 짓밟혀도 되는 것일까. 막상 당하고도 소리칠 곳 하나 없어

속으로 분을 삭이는 모습이 너무도 구슬프다. 나는 누구에게 갑이 되고 싶지도 않고, 을이 되고 싶지도 않다. 상대와 나 사이에 우열을 매기는 이분법적인 사고부터 없어졌으면 좋겠다.

갑질의 역사는 인간의 문명이 시작되고부터 이어져 왔기에 그 뿌리가 생각보다 깊지만, 많은 것들이 개선되어 왔다. 애초에는 계란으로 바위 치기라 치부했던 일들이 수많은 목소리가 힘을 내어 그 바위를 깨부수었기에 오늘날에 이르렀다. 암만 약육강식(弱肉强食)의 사회라 한들 억강부약(抑强扶弱)의 자세를 잃지 않아야 한다. 강자에게는 한없이 강할 수 있어야 하고, 약자는 보듬어 도와주어야 한다. 그러면 언젠가 힘이 있는 자들의 갑질도 점점 줄어들지 않을까. 도리어 그 대가를 갑절로 치르는 날이 올지도 모른다.

프로테우스 인간

*

나는 누구인가?

너는 누구인가?

우리는 누구인가?

처세에 능해질수록 자의식은 옅어지고, 가장 원초적인 물음에 나만의 답을 잃어간다. 그러다 보면 사회라는 울타리 안에 있는 내가 아닌, 본연의 내 모습은 무엇인지조차 모르게 된다.

우리는 점점 포세이돈의 수하였던 프로테우스와 닮아간다. 예지 능력이 뛰어난 그는, 자신을 찾아오는 이들을 피하려 수없이 다른 모습으로 변신하곤 했다. 지금의 우리도 별반 다르지 않다. 다변하는 사회와 조직 속에서 살아남기 위해 프로테우스처럼 끊임없이 변신을 거듭한다. 그 과정에서 가면은 두꺼워지고 고독은 더욱 짙어진다.

어느 날 문득 적막한 방 안에서 거울 속의 내 모습을 바라보았다. 너무 낯설어 좀처럼 받아들이기가 힘들었다. 그때 데카르트의《방법서설》에서 읽었던 한 구절이 떠올라 조금은 위안이 되었다. 도덕 격률에 나오는 대목이다.

운명보다는 나를 이기려 부단히 노력하고,
세상보다는 나의 욕망을 바꾸려고 노력하자.

카타르시스

*

어릴 적에는 작은 일에도 이불을 뒤집어쓰고 우는 울보였다. 하지만 어른이 되고 나서 언제부터인가 무뎌진 건지, 슬퍼도 눈물이 나오지 않았다. 마지막으로 울어본 것이 언제였는지 아득하기만 했다.

그러던 어느 날, 한 달간 바다에 있다가 혼자 살던 원룸으로 돌아왔던 적이 있었다. 초겨울이라 오랜만에 들어온 방은 한기로 가득했고, 적적한 방안의 공기가 너무 무겁게 느껴졌다. 숨쉬기조차 힘들었다. 하는 수 없이 TV를 켰다. 이윽고 코미디 프로그램에서 흘러나오는 웃음소리가 그나마 조금은 내 마음을 환기시켜주는 듯했다.

그 와중에 허기가 졌다. 주방을 이리저리 뒤척이다가 하나 남은 라면을 발견했다. 얼른 끓여내 뜨거운 연기를 후후 불어가며 면발을 목구멍으로 넘기려 하는데, 이상하게 맛이 짰다. 참아왔던 감정이 터져 눈물이 주르르 쏟아진 것이다. 사실 배를 타기 직전, 연인과 이별을 했다. 줄곧 아무렇지 않았던 것만 같았는데, 괜찮은 척을 하고 있었던 것이었다. 소리 내어 펑펑 울었다. 얼마나 울었을까. 요동치던 마음도 이내 가라앉았다. 눈앞에 식어버린 라면을 꾸역꾸역 마저 먹고서는 시끄러운 TV를 꺼버렸다.

딱 거기까지였다.
그 후로 정말 오랜 세월이 흘렀지만
그 이별 때문에 슬퍼하지 않았으니까.

희망과 절망의 허상

*

한때는 나도 그랬다. 주변에 있는 모든 사물에 사랑과 아름다움을 투영하여 희망을 이야기했다. 눈앞에 펼쳐진 짙은 어둠 또한 더 밝고 눈부신 여명을 맞이하기 위한 과정이라 믿었으니까. 하지만 현실은 꼭 그렇지만은 않았다. 천신만고 끝에 가버리는 사람도 있었고, 고생 끝에 기껏 좋아졌다 싶었는데 또다시 고초가 몰려오는 사람도 있었다. 애초부터 한 치 앞을 내다볼 수 없는 삶이라 "고생 끝에 낙이 온다."라는 공식 자체가 성립하지 않는다.

희망, 희망, 그래도 희망.

때로는 이 단어가 사람을 더 깊은 절망 속으로 빠지게 만들기도 한다. 모두가 절망의 구렁텅이에서 희망을 품었지만, 그중 절반 이상이 더 깊은 절망 속으로 빠진다면, 그래도 과연 희망이라고 말할 수 있을까?

어쩌면 고통은 인간의 숙명일지도 모른다. 그사이에 오가는 희망과 절망은 우리의 시점에서 만들어낸 허상에 불과한 것이다. 한동안 깊은 고민에 빠졌다. 희망을 품을지, 절망을 품을지. 아무리 생각해도 답이 나오지 않았다.

다음 생엔 고통이 없는 유토피아에서 살고 싶다. 느낄 수 없으니 그런 감정이 어떤 건지 알 수도 없을 것이다. 절망을 희망으로 포장하는 일도 없고, 이런 고민 자체가 무용한 곳인 유토피아를 꿈꾼다.

무색

*

누군가 물었다.

너의 색깔이 뭐냐고.

나는 답했다.

색깔이 없는 것이 나의 색깔이라고.

시간은 감정을 무뎌지게 만든다

*

이미 끝난 인연을

좋게 생각하고 싶은 마음도

지독히 미워하고 싶은 마음도

시점에 따라 다른 '내'가

해석하기 나름이다.

한 가지 확실한 것은

그 어떤 마음도 세월이 흐르면

언제 그랬나 싶을 정도로 무뎌진다.

나르키소스와 에코

*

신화 속 나르키소스는 눈부시게 아름다웠다. 많은 이에게 구애를 받았지만, 그는 누구에게도 마음을 허락해 주지 않았다. 오히려 그들에게 모욕을 주어 상처를 입히기까지 했다. 그를 사랑한 숲의 요정 에코는 실연을 당한 아픔을 견디지 못해 육신은 사라지고 목소리만 남게 되었고, 또 다른 요정은 그 마음이 분노로 변해 하늘에 대고 그에게 저주를 퍼부었다.

운명의 장난이었을까. 복수의 여신 네메시스는 나르키소스에게 자기 자신을 사랑하게 되는 기묘한 벌을 내렸다. 결국 그는 호수에 비친 자기 모습에 홀딱 빠져 그 자리에서 생을 마감하고 만다. 마지막까지 곁을 지켜준 건

에코뿐이었다.

그림자처럼 그를 따라다니다 모든 것을 잃고도 변하지 않은 그녀의 마음이 너무 애처롭게 느껴진다. 무엇보다 슬픈 건 자기애에 빠진 나르키소스는 미처 그녀를 볼 수 없었다는 것이다. 이 이야기를 알고부터 메아리가 울려 퍼질 때면, 괜스레 그 소리가 구슬프게 들린다. 마치 에코의 목소리처럼.

이 세상에는 조건 없이 누군가의 곁을 묵묵히 지키는 사람들이 있다. 만약 사랑의 크기가 잴 수 있다면, 아마도 그 사람을 위해 얼마나 희생할 수 있는지가 아닐까 싶다. 그 마음이 끝내 상대에게 닿지 않더라도.

나르시시즘

*

'자신을 사랑하라.'

지나친 자기애로 타인에게 피해를 주지만 않는다면 정말 좋은 말이다. 오늘날의 시대에도 나르키소스처럼 자신에 취한 사람이 있다. 그들은 항상 주인공이 되어야 한다고 착각한다. 주목받기 위해 모임에 일부러 늦게 오거나, 대화도 자신을 중심으로 한 화젯거리를 유도한다. 심지어 자신의 이야기에 관심을 가지지 않거나 맞장구치지 않으면 시큰둥해지기까지 한다.

여럿이 함께 찍은 사진도 단연 자신이 돋보이는 것만 SNS에 올린다. 상대방의 입장에서는 이상하게 찍힌 모습을 봐야 하니 불쾌해지기 십상이다. 모두가 평균적으로 잘 나온 사진을 고르거나 올리기 전에 물어보면 좋을 텐데, 상대적으로 타인에 대한 공감 능력까지 결여되어 있다.

우리의 인생은 제각기 한 편의 영화다. 세상에 얼마나 수많은 필름이 있는지는 셀 수도 없다. 내 인생의 주인공은 나지만, 타인의 인생에서는 주인공은 내가 아닌 그 사람이 주인공이다. 나는 주연이 되기도, 누군가를 빛내주는 조연이 되기도 한다. 지나친 나르시시즘에 빠져 너무 자기 작품에만 몰입하지 말고, 이왕이면 상대를 더 빛나게 해줄 수 있는 조연도 되어보자. 그렇게 서로를 배려할수록 모두의 영화가 더욱 완성도가 높아질 것이다.

톨레랑스

☆

"나만 불편해?"

근래에 들어 모두와 다르다는 사실을 불편하게 보는 경향이 부쩍 두드러지고 있다. 트집을 잡는 데에만 혈안이 되어 있다. 사소한 것일지라도 놓치지 않고 주변의 공감을 유도한다. 그런 사람들을 인터넷에서는 신조어로 '프로불편러'라고 하는데, 일상에서도 그들을 쉬이 마주할 수 있다. 이때 무작정 분위기에 휩쓸려 동조해선 안 된다. 그건 그 말에 힘을 실어줄 뿐이다. 언젠가 그 대상이 내가 될 수도, 당신이 될 수도 있다고 생각하니 끔찍하지 않은가.

대립과 혐오가 난무하는 지금 우리 사회에서는 관용의 자세가 절실히 요구된다. 프랑스에서는 이를 '톨레랑스'라고 하는데, 16세기 종교개혁 시대에서 유래되었다. 마틴 루터가 〈95개 조문〉을 발표한 것이 도화선이 되어 구교와 신교의 갈등이 극에 치달았다. 수많은 화형과 학살이 무자비하게 이루어져 전쟁터나 다름없었다. 그로부터 오랜 시간이 지난 후에서야 반성의 의미로, 나와 다른 타인에 대해 너그러운 마음을 갖자는 개념이 생겼다. 일종의 슬픈 비극이 만들어낸 소산물인 셈이다.

타인에게 상처나 피해를 준 크나큰 잘못이 아니라면, 남들과 조금 다르다는 명목으로 상대를 매도해선 안 된다. 도리어 저마다의 삶을 보다 넓은 아량으로 존중해주고 수용해 주는 편이 어떨까.

말을 아끼는 일

*

대화가 끊겨 정적이 흐르는 일을 견디지 못했던 나는 잠깐의 침묵에도 쓰잘머리 없는 말을 끊임없이 늘어놓곤 했다. 낯가림이 심한 이는 그런 내가 부담스러웠는지 더 어색하게 대했다. 도리어 말을 꺼내지 않은 것보다 못했고, 생각보다 침묵에 무신경한 사람이 많았다. 결국, 내가 타인을 너무 의식한 탓이었다.

어쩌면 묵언도 대화의 연장선일지도 모른다. 문장 사이에 여백이 있듯이 간간이 쉴 틈을 주어야 한다. 그 시간을 통해 잔잔하게 생각을 정리해서 더 나은 담화를 나눌 수 있도록 준비하면 된다. 애초부터 구태여 침묵을 깨지 않아도 되었던 것이다. 상대에게 편안한 분위기를 만들어 주려 노력은 하되, 쉼 없이 연달아 말을 이어갈 필요는 없다. 자칫하면 언행이 방정맞은 촉새처럼 보일 수 있다.

견우발괄 유수존찰(犬牛白活 有誰存察)이라 하여 두서없이 지껄이는 말은 아무도 알아주지 않는다고 했다. 감명을 받아 가슴속에 깊이 새긴 명언도 몇 줄밖에 되지 않는 것처럼, 요점만 간결하게 전달하는 편이 좋다. 더욱이 무조건 말을 많이 한다 해서, 나에게 이로운 점도 그다지 없었다.

때론 알아도 모른 척, 있어도 없는 척, 힘들어도 괜찮은 척하는 쪽이 마음이 편하다. 아는 것을 말하자니 잘난 척을 하는 것처럼 보이고, 있는 것을 보여주니 시샘을 받고, 힘들다고 말하자니 뭘 해도 힘든 사람처럼 보이니까. 되레 정도를 유지하는 편이 오해를 덜 산다.

굳이 무언가를 시작하기에 앞서 포부를 밝히는 일도 조심스럽다. 예전에 잘 풀릴 거라 자부했던 일이, 엎치락뒤치락하다가 끄트머리에 배배 꼬여 망한 적이 있었다.

애초에 아무 말도 안 했으면 좋았을 텐데, 후회한들 내뱉은 말을 다시 주워 담을 수는 없었다. 간혹 모임에서 그 이야기가 나올 때마다 쥐구멍으로 숨고 싶은 심정이였다. 한없이 초라해진 내 모습에 자존감은 바닥으로 떨어졌다. 그 이후로는 자연스레 앞날의 계획을 세세히 말하지 않게 되었다.

또한, 선뜻 비밀 이야기를 건네지 않는다. 입이 가벼운 이에게는 언제 터질지 모르는 시한폭탄을 지어주는 것과 다를 바 없었다. 더구나 들키고 싶지 않았던 나의 속사정을 제삼자를 통해 듣는 것만큼 씁쓸한 일은 없다. 친한 정도를 떠나 상대가 말해준 비밀은 천근만근 무겁게 지켜야 한다. 나를 신뢰한 만큼 신의를 저버리지 않는 것이 도리라고 생각한다.

그럼에도 오랜 시간 함께한 이들은 여전히 편안하다. 둘 사이 흐르는 침묵마저도 느껴지지 않으니까. 이래서 막역지우라 하는가 보다.

긍정과 부정의 배신

*

세 모녀가 생활고에 시달리다가 번개탄을 피워 자살했다는 뉴스를 접했다. 죄송하다는 말과 함께 집세와 공과금으로 70만 원을 놔뒀다고 한다. 일면식도 전혀 없는 타인인데 이상하게 너무나도 슬펐다. 심지어 세상에 빚을 지기 싫다며 공과금도 착실히 내어왔다고 한다.

삶이란 왜 이리도 평등하지 못한 것일까. 왜 사람마다 고달픔의 무게가 다른 것일까. 비단 마음가짐의 문제는 아니라고 본다.

긍정이든 부정이든 그 마음이 강하면 강할수록 이루어지지 못했을 시 배신감은 배로 다가온다. 돌이켜 보면 긍정은 늘 그랬듯 니를 배신하는 일이 많았고, 그렇다고 해서 안전한 부정도 없었다. 솔직히 나도 어떤 마음가짐으로 살아야 하는지 간혹 헷갈린다. 한데 타인에게 강요하고 싶거나, 받고 싶지도 않다.

우리 주변에서 늘 긍정에 취해 실체 없는 이상에 목메는 사람도, 매사 부정적으로 생각하는 비관론자도 있다. 혼자서 그리 생각하며 살면 문제가 되지 않는데, 구태여 그걸 주변에 표출하여 분위기를 물들게 한다.

나는 이렇게 해서 행복하니까
너도 이렇게 해서 행복해지면 좋겠어.

나는 이렇게 해서 불행하니까
너도 결국에는 불행해질 수밖에 없어.

행복한 이는 '불행'이라는 단어에 거부반응을 느끼고, 절망의 늪에 빠진 이는 '행복'이라는 단어가 아플 수밖에 없다. 각자 자신에게 편한 대로 생각하되, 굳이 남에게 강요할 필요는 없다. 마음이라는 것은 절대로 쉽게 바뀌지 않는다. 피차 힘들 뿐이다.

하늘을 저버릴 수 없는 이유

*

내 마음은 슬픔에 젖어
금세라도 폭풍우가 몰아칠 것만 같은데
하늘은 그야말로 쾌청하기 그지없다.

내 마음은 기쁨에 젖어
산들바람이 살랑살랑 불어올 것만 같은데
하늘은 그야말로 먹구름이 가득하다.

하늘아, 하늘아
너는 내게 왜 이리도 야속하기만 하니.

그럼에도 불구하고

나는 너를 싫어할 수가 없단다.

열 번 중에 한 번은
내 마음을 알아주니까.

늘 무정하기만 하던 너였어도
정작 내가 숨통이 막혀
질식할 것 같은 어느 날

그걸 알고 무지개를 띄워주더라.

슬픔은 영혼을 잠식한다

*

좀체 끝이 보이지 않는 슬픔은 닿기만 해도 눈시울이 붉어져 마주하기가 쉽지 않다. 그러다 짙은 우울로 가득 찬 공간에 갇히면, 너무 탁한 공기에 갑갑해져 밖으로 나가고만 싶어진다.

아프지 않아도 병실에 가면 왠지 모를 무거운 공기에 짓눌리는 것처럼, 우울한 음악을 계속 들으면 애수에 잠기는 것처럼, 소설 속 로테와 사랑을 이루지 못한 베르테르가 실의에 빠져 극단적 선택을 한 일이 당시 수많은 독자의 마음을 동요시켰던 것처럼, 부정적인 감정은 감기처럼 전염성이 강해 면역이 약할 때 온몸을 잠식한다.

그렇다고 해서 꼭 부정적인 감정만 전염되는 것은 아니다. 코미디 프로를 보다가 아무 생각 없이 배꼽을 잡고 웃는 것처럼, 티 없이 해맑은 아기의 웃음에 저절로 내 입가에 미소가 지어지는 것처럼, 흥겨운 음악을 듣다 보면 덩달아 신이 나는 것처럼, 기쁨 역시 받아들일 준비만 되어 있다면 언제든 맞이할 수 있다.

마음을 양팔 저울이라고 치자. 슬픔의 추를 담은 한쪽이 바닥에 닿을 듯 기울어져 있는 위태로운 상태라면, 나는 끊임없이 저울을 들어올리기 위해 반대쪽의 추를 찾을 것이다. 어쩌면 그 일이 가장 중요할지도 모른다. 그래야 내 삶이 슬픔에 잠식당하지 않을 테니까.

나에게 선물하는 하루

*

호두까기 인형처럼 나의 등 뒤에는 태엽이 달려 있다. 빠드득빠드득 거꾸로 감아 톱니바퀴가 돌아가야 비로소 움직일 수 있다. 한데 그리 오래가지는 못한다. 서서히 기운이 약해지다 결국 멈추고 만다. 어떤 일이든 쉬지 않고 연이어서 하다가는 그만큼 집중력이 떨어지기 마련이니, 간간이 다시 감아줘야 한다. 바로 재충전의 시간인 휴식이 필요한 것이다.

나는 온종일 사람들과 어울리는 것보다, 주로 혼자서 보내는 시간을 통해 활력을 얻는다. 예컨대 동트기 전 스산한 새벽, 홀로 집을 나선다. 그리고 텅 빈 거리를 지나 극장에 간다. 조조 영화의 매력은 뭐니 뭐니 해도, 평소보다 사람이 없어 더 깊이 몰입할 수 있다는 점이다. 그러다 엔딩크레디트가 올라가면, 유유히 극장을 빠져나와 한적한 브런치 카페로 향한다. 여기에 읽을거리가 더해지면 금상첨화다. 시공을 초월하여 창작자와 대화를 하는 느낌이 나쁘지 않다. 영화든 책이든 어떠한 작품을 몰입해서 보는 일은 삶을 살아갈 수 있는 기운을 북돋아 준다. 내게 휴식이자 힐링은 그런 시간이다.

얼마 전, 지인은 혼자만의 시간이 필요하니 가족들에게 날을 정해 하루 정도는 찾지 말아 달라며 선언했다고 한다. 나도 전적으로 그 의견에 동의한다. 제아무리 곁에 있는 소중한 사람일지라도, 자신의 마음이 불안정하다면 원활한 관계를 유지하기 힘들다.

나를 잃어버리고서는
아무것도 챙길 수가 없으니
온전히 나를 위한 재충전의 날을
주기적으로 선물해 줘야 한다.

혼자인 시간이 필요해

*

일본 생활을 정리하고 한국으로 돌아올 준비를 할 때, 머릿속이 꽤나 복잡했다. 앞으로 무엇을 할지, 삶의 가운데에 어떤 가치를 두어야 할지, 갈피를 잡을 수 없었기 때문이다. 고민을 떨쳐보려 애써 지인들을 만나 겉도는 이야기들을 쏟아내도 휑한 마음은 커져만 갔다. 홀로 번뇌하는 시간은 점점 길어졌고, 급기야 집 밖으로 나가는 일조차 싫어졌다.

그러던 어느 날, 교토의 단풍이 절정에 이르렀다는 소식을 들었다. 무언가에 홀린 듯, 왠지 그곳에 가면 답을 찾을 수 있을 것만 같았다. 후쿠오카에 있던 나는 일말의 망설임도 없이 오사카행 야간 버스에 몸을 실었다. 어둠 속에 펼쳐지는 낯선 풍경과 희미한 불빛. 그리고 그 사이로 차창에 비치는 내 모습은 너무 고독해 보였다. 커튼을 쳤다. 차창에 비친 나를 보고 싶지 않았다. 한참을 뒤척이다가 헤드폰을 꺼내 잔잔한 음악을 들으며 잠을 청했다. 문득 지난날의 내 모습이 파노라마처럼 머릿속을 스쳐 지나갔다. 어쩌다 여기까지 왔을까. 내면의 나에게 수없이 질문해도 답은 찾을 수 없었다.

다음 날, 교토에 도착한 나는 철학의 길을 걸었다. 울긋불긋한 단풍과 가을바람에 흩날리는 낙엽의 공존은 그야말로 장관이 따로 없었다. 그 모습은 꼭 내 안의 나를 비추는 것만 같았다.

'세상 안에서 살아가는 나'와
'본연의 나'.

진정한 나를 완성하기 위해서는 두 개의 내가 조화롭게 공존할 시간이 필요하다는 것을 새삼 깨달았다.

사실 그곳에서도 이렇다 할 답을 찾은 건 아니었다. 다만 또 다른 나를 마주한 시간 덕분에 고민을 조금은 덜 수 있었다. 그게 큰 힘이 되어주었다. 언젠가 내가 다시 흔들리게 되더라도, 그때까지 버틸 힘이 생겼으니 그걸로 됐다 싶었다.

누구와도 연락하지 않고, 그저 멍하게 있어도 좋다. 책이나 영화에 빠져 감정에 취해도 좋다. 잔잔한 음악을 들으며 조용히 명상을 해도 좋다. 배낭을 메고 아무도 모르는 새로운 곳으로 떠나도 좋다. 자신을 돌아보는 시간을 가지는 것도 좋다. 내면에 있는 온전한 나를 마주할 수만 있다면, 분명 더 나은 내일을 맞이할 수 있다.

소확행

*

살다 보니 인생 뭐 별거 없더라.

고된 일과를 마치고

시원한 생맥주 한 잔

달콤한 초콜릿 한 입

가끔은 그거면 되더라.

나를 향한 선물

*

모처럼 집안을 구석구석 대청소했다. 청소가 끝날 무렵 분리수거를 할 겸 종이들을 모으다가 작년에 샀던 가계부를 발견했다. 두 달 남짓한 분량이 적혀 있었는데 스르륵 펼쳐보니 마지막 페이지가 인상적이었다. 그 페이지의 지출 금액이 첫 페이지부터 적혀 있는 지출 내역의 합보다 더 컸던 것이다.

그날은 분기에 한 번꼴로 값비싼 물건을 하나씩 사는 날이었다. 가끔 주변에서 그런 물건을 사기보다는 내면을 가꾸라는 핀잔을 주기도 하지만, 크게 개의치 않는다. 나에게는 그만한 가치가 있는 일이기 때문이다.

누구나 열심히 성취한 결과를 보상받고 싶은 심리가 있다. 그간 노력한 결과를 어떠한 형태로든 보상받지 못한다면, 허탈함에 기운이 빠질 수밖에 없다.

그래서 나는 나에게 가끔씩 선물을 한다.
잘 살아가고 있다는 뜻으로.
더 잘 살아가자는 뜻으로.

저마다의 언어, 저마다의 가치

*

생각이 많아 곧잘 상념에 잠기곤 한다. 글을 쓰면서 영감을 받는 시간은 주로 혼자 있을 때다. 음악을 듣거나, 운전하거나, 심지어 누워서 잠들기 전까지도 멈추지 않는다. 그렇게 생각의 물꼬를 트다 무언가 딱 떠오르는 순간 재빠르게 메모한다. 대강 적은 단어와 문장이 하나둘 모이면 하나의 글이 된다.

이런 일련의 과정이 좋다. 생각을 그저 마음속에 묻어 버리는 것이 아니라, 사색을 통한 깨달음을 글이라는 수단으로 표출할 수 있어서다. 그렇지 않으면 사유의 시간이 나에게 무의미해질 테다.

어쩌면 이 모든 것을 가능케 한 것은 언어일지도 모른다. 인류의 근간이라 해도 과언이 아닐 정도로 경이롭기까지 하다. 이 사회에서 살아가기 위해서는 유아기부터 말을 익히고, 사고하는 법을 배워야만 한다. 그래야 비로소 자신의 관념을 드러내고 감정을 교류할 수 있다. 언어는 소통의 통로인 셈이다.

문득, 언어가 먼저인지, 사고(思考)가 먼저인지 궁금해져 찾아보았다. 학계에서도 의견이 분분한지라 답을 알 수는 없었지만, 철학자 하이데거의 '언어는 존재의 집이다.'라는 말이 너무 인상 깊었다. 단순히 소통을 위한 도구를 넘어, 언어가 인간을 사유한다니. 줄곧 인간이 언어를 사유한다고 믿어온 내게는 상당한 충격이었다. 물론, 이것이 진리는 아닐 수도 있다.

우리는 제각기 구사하는 언어의 체계는 비슷하지만, 그 속에 담긴 관념의 색깔은 십인십색이다. 어떤 이는 세상에 대한 불신으로 자신이 만든 세계에서 분노와 함께 갇혀 있다. 그 테두리를 벗어나려는 노력 없이 오로지 공격적인 단어로 욕설을 내뱉는다. 적어도 나라는 집에 언어가 머무는 동안은 무한성을 인정하고, 배움의 정진을 게을리하지 않아야 한다. 아는 단어가 많아져야 사고의 폭도 넓어져, 쉽게 틀에 갇히지 않는다.

간혹 사회에서도 지나치게 틀에 얽매이는 사람들을 보게 된다. 기본적인 규범을 지키는 것이 당연지사지만, 너무 얽매이다 보면 정작 중요한 것을 놓치고 만다. 이를 글에서도 찾아볼 수 있다. 보고서나 공문을 작성할 때, 요점만 간략히 적으면 될 것을 서론, 본론, 결론까지 나누어 형식을 갖추게 하는 일에 많은 시간을 소모한다.

시도 마찬가지다. 감정이 담기지 않으면, 그저 표현 기교가 뛰어난 것뿐인데, 내재율, 외형률, 각운, 수미상관법 등 운율을 따져가며 평가한다. 이전에 한글을 처음 배운 80대 할머니의 시를 본 적이 있었다. 돌아가신 어머니를 그리워하는 내용이었는데, 삐뚤빼뚤한 글씨와 맞지 않는

맞춤법에도 읽자마자 눈물이 핑 돌았다. 도리어 그런 서투름이 내 마음에 더 와닿았다.

누가 감히 이 시를 폄하할 수 있을까. 그때부터 나도 형식에 너무 크게 구애받지 않기로 했다. 오히려 그 시간에 글을 하나라도 더 적고 싶다. 누군가는 내 글을 두고 예술적 가치도 없고, 기교가 딸린 잡스러운 글이라고 말할지 모른다. 한데 잡문이면 어떠리. 누군가가 나의 글을 읽고 감정이 스민다면, 그걸로 족하다.

틀을 깬다고 해서 무조건 형식을 어기는 것이 아니다. 우리는 저마다의 언어가 있고, 저마다의 가치가 있다. 새하얀 백지에 적은 글은 내 모습을 비춰주는 거울이다. 그것이 어떤 수사법이든 그 순간의 감정이 온전히 담겨 있다. 화가가 부단히 자화상을 그려가며 자신을 표현하듯, 나 역시 끊임없이 글로 자신을 표현할 것이다.

우리의 노스텔지어

*

같은 추억을 공유한 이들과 함께 아득한 이야기보따리를 풀어헤친다. 아련했던 기억의 영상이 조금씩 선명해지자 모두 화기가 돈다. 예전에는 지난날을 되새기는 시간이 이토록 의미가 있을 줄은 상상조차 못 했었다. 당시에는 그저 평범했던 일상이 지금은 빛바랜 기억으로 변해 너무도 소중하게 느껴진다. 어쩌면 그때로 돌아갈 수 없기에, 더 애틋하게 다가오는 걸지도 모르겠다.

간혹 철 지난 히트곡이 카페나 거리에서 흘러나오면, 우린 마치 약속이라도 한 듯 같이 흥얼거린다. 낡고 유행이 지났다고 해서 사라지는 것이 아니라, 그때 그 시절을 이어주는 매개물로서 여전히 남아 있다.

고대 로마의 시인 마르티알리스는 인간은 추억을 먹고 살며, 그리웠던 시간을 다시 찾는 일은 인생을 두 번 사는 것과 같다고 했다. 내가 살고 있는 지금 이 순간들이 모여 언젠가 추억이 되고, 그 앨범의 주인은 함께 그 시절을 보낸 우리다. 어쩌면 오랜 친구를 만나는 일은, 오랜 추억을 다시금 꺼내 보는 일인지도 모른다.

나이를 먹을수록 인생이 흘러가는 유속은 빨라져 기억은 퇴색되고 희미해진다. 점점 낯설게 변해가는 우리지만, 변하지 않는 것은 하나 있다.

추억은 온전하다.

나만의 길을 걸어가기로 했다

*

부단한 노력을 차곡차곡 쌓아 계단을 만들어 밟고 올라가야, 저 높은 산성을 넘을 수 있다고 모두가 독려한다. 다만 성벽을 넘을 수 있는 인원은 한정되어 있기에 남들보다 빠르고 똑똑해야 앞서갈 수 있다. 부추기는 경쟁 속에서 너나 할 것 없이 우왕좌왕 먼저 올라가려 서로를 밀친다.

얼마나 열심히 해야 하는 걸까. 자꾸 높아져만 가는 산성이 마치 철옹성을 연상케 한다. 그럼에도 자포자기 심정을 애써 진정시켜 가며 다시 자신을 채찍질한다. 이때 누군가 밑에서 여유롭게 금색 양탄자를 타고 천공으로 쉬이 솟아오른다. 분명 꾸준히 노력해야 오를 수 있다고 했건만, 알 수 없는 배신감에 휩싸인다. 그 자리에서 절망의 추가

발목에 하나씩 달리기 시작하면 버티는 일도 쉽지 않다.

'99퍼센트의 노력, 1퍼센트의 운'이라는 말도 넌더리가 난다. 차라리 운칠기삼(運七技三) 쪽을 더 믿겠다. 아니, 이건 처음부터 잘못되었다. 흔히들 말하는 성공은 타인보다 잘 사는 것이니, 확률적으로도 모두가 성공하기가 힘들다. 그 기준을 타인에게 두는 순간부터 삶은 고달파질 수밖에 없다.

나는 내면에 결핍이 많았다. 그래서 성공으로 그 결핍들을 덮고 싶었다. 후에 이 모든 일이 거름이 되었다고 말하고 싶었던 건지도 모르겠다. 불우한 시절을 극복하고 훌륭한 위인이 되는 뻔한 레퍼토리처럼, 어떤 식이든 위안거리가 절실했다. 남들보다 상대적으로 부족하다는 박탈감이, 타인보다 특별해지고 싶은 열망을 더욱 부추겼다. 그건 성공에 대한 강박감이 만들어낸 일종의 집착이었다. 분명 성공을 조장하는 우리 사회도 책임이 있을 테다.

이제는 그만 훌훌 털고 이 게임에서 나가고 싶다. 누군가는 목적이 없는 삶은 도태될 수밖에 없다고 일침을 가할지도 모르지만 상관없다. 어떻게 보면 언어를 익히고, 사람들과 소통하고, 이 사회에 속해 있다는 것만으로도 사실 우리는 이미 성공했다. 그러니 타인보다 잘 사는 것에 너무 목맬 필요가 없다.

제각기 삶은 다르기 마련이니
나는 나만의 길을
당신은 당신만의 길을 걸어가면 된다.

인생이 산이라면

*

바이오리듬처럼 내 삶에도 일정한 주기율이 있다. 등산할 때는 경사가 완만해서 오르는 데 시간이 오래 걸리지만, 하산할 때는 유달리 가파르게 느껴진다. 그 과정에서 한번씩 시련이라는 녀석이 나타나면, 이때다 싶어 여러 악재가 꼬리에 꼬리를 물어 동시다발적으로 몰려온다. 속수무책이라 놀란 마음을 진정시킬 틈도 없다. 그저 아래로 부리나케 도망치기에 바쁘다. 설상가상으로 그것들이 서로 만나 가속도라도 붙게 되면 그 무게를 견디고 지탱할 수 있는 지점까지 쭉 내려가야 한다. 그곳에서 버틸 수 있어야 언젠가 다시 오를 힘도 얻을 수 있다.

지난 세월 동안 몇 번을 그렇게 오르락내리락했을까. 어느 날 문득, 이 또한 순리일지도 모른다는 생각이 뇌리를 스쳤다. 오르막이 있으면 당연히 내리막도 있는 법이다. 운동선수가 전성기에 좋은 성적을 거두다가 나이의 한계에 부닥쳐 은퇴하는 것처럼, 누구라도 매 순간이 최고일 수만은 없다. 아무리 많은 것을 이루어낸들 홀연히 내려놓아야 하는 순간이 분명 오기 마련이다.

앞으로 살아가는 동안 얼마나 더 많은 산을 오를 수 있을지는 모르지만, 언젠가는 나도 결국 하산해야만 한다. 그 사실을 망각한 채로 어떻게든 위로 올라가고 싶은 욕망에 사로잡힌 삶은 나를 더욱 지치고 병들게 할 뿐이다.

에베레스트산처럼 높은 곳을 오른 이는
내려오는 과정에서도 오랫동안 기억될지 모른다.
반대로 낮은 산을 오른 이는 금세 잊힐지도 모른다.

하지만 크게 개의치 않으려 한다.
내가 오르는 산이 동네 뒷산인들 그게 무슨 문제겠는가.

지금까지 포기하지 않고 살아온 나,
그 과정에서 내 두 눈으로 본 수많은 것들,
그것이 중요하다.

마지막이 남기는 것들

*

우리의 기억은 세세히 녹화된 영상이 아니라 단편적인 조각으로 구성되어 있다. 그래서 시간이 지나 누군가를 떠올릴 때도 그 모습이 어렴풋하기만 하다. 다만, 그중 감정이 절정에 다다랐을 때나 떠나가는 마지막 모습은 더욱 선명하게 남아있다. 이런 경험들의 평균이 기억을 결정하는데, 이를 심리학에서는 피크엔드 법칙이라 한다. 마치 셰익스피어의 '끝이 좋으면 다 좋아.'라는 어두운 희극처럼.

요즘에는 관계에서도 마지막이 중요하다는 말이 점점 와닿는다. 직장 동료와 티격태격 싸우다가도, 떠나는 날 회식 자리에서 앙금을 풀면 훗날의 기억이 조금은 좋게 왜곡된다. 반면, 평소에는 좋았다가 마지막에 안 좋게 끝나버린 관계는 정반대다. 특히 남녀 관계일수록 더 그렇다. 아름다운 만남의 과정보다 파국을 초래한 이별의 기억이, 잊지 않으려 아로새긴 행복한 순간보다 마지막에 받은 실연의 고통이 더 선명하게 남는다.

나는 누군가에게 그리운 사람으로 남고 싶다. "다음에 만나자."라는 기약 없는 인사를 건넬 때도, 되도록 마지막엔 좋은 인상을 남기려 노력한다. 공연히 감정이 상해 그간 쌓아온 이미지를 날려버릴 수는 없으니까.

어쩌면 삶은 수많은 만남과 이별의 반복일지도 모른다.
그리고 그 마지막 뒤에 남는 건
결국 함께했던 순간들의 기억뿐이다.

진짜 내 자신

*

나는 착각 속에서 살았다

말을 잘한다고
마음을 이해한다고
나 자신을 잘 안다고

정작 나는 몰랐다

말을 하는 법도
마음을 이해하는 법도
나 자신에 대해서도

이제는 안다

말이 얼마나 어려운지를

마음을 이해할 수 없음을

끊임없이 나를 자각해야 함을

에필로그

지난날의 나는 세상사를 쉽게 단정 짓는 오만에 빠져있었다. 이상하게 많은 일이 만만하게 보였다. 쉬이 이룰 수 있을 것만 같았다. 자신이 특별하다는 착각을 하고 있었던 셈이다. 결국, 막연한 기대에 부풀 꿈은 대부분 실체 없는 허상에 불과했다. 마음과 달리 순조롭게 되지 않고, 얽히거나 뒤틀리기 부지기수였다. 그제야 괜스레 불안감이 밀려와 나를 압박해 왔다.

뒤늦게 무지함을 자각하고 나서야 내가 잘할 수 있는 일은 무엇인지, 또한 할 수 없는 일은 무엇인지를 조금은 깨닫게 되었다. 이제는 무작정 허울뿐인 이상을 좇지는 않는다. 도리어 눈앞의 현실을 직시하여 어느 정도는 타협하는 편이다.

〈논어〉에서 공자가 말하길, 열다섯에 학문에 뜻을 두었고, 서른에 자립하였으며, 마흔에는 미혹되지 않았고, 쉰에 천명을 알았으며, 예순에는 이순이라 하여 사물의 이치를 통달하고, 마지막으로 일흔에서야 마음 가는 대로 행동해도 법도에 어긋남이 없었다고 했다.

요즘 같은 백세시대에 반 오십을 넘기지 않고도 세상사를 다 안다는 것은 정말 어리석은 생각이다. 하기는 위의 말처럼 득도하여 사는 인물은 주변에 없다. 나 역시도 그런 사람이 될 자신이 없다. 다만, 공자가 기준을 두어 나이별 이칭을 정해놓은 속뜻은 끊임없이 배우고 노력하며 살아가라는 것이 아니었을까.

헛되이 보내지 않은

오늘이 모여

헛되이 보내지 않은

인생이 되길

무너지고 나서야 알게 된 것들

제 1판 1쇄 인쇄 : 2024년 12월 10일
제 1판 1쇄 발행 : 2024년 12월 24일

저 자 : 투에고
편 집 : 정남주
디자인 : 이혜민
펴낸곳 : 로즈북스
출판사등록 : 2022년 7월 14일 제2022-000022호
주 소 : 부산광역시 해운대구 해운대해변로357번길 5-1 상가동 205호
전 화 : 070-8064-1135
팩 스 : 070-7966-0793
이메일 : rosebooks7@nate.com
ISBN : 979-11-979663-1-6 (03810)